セシル文庫

舞台俳優、異世界にトリップしてわんぱく王子のナニーになる

有実ゆひ

イラストレーション／上條ロロ

◆目次

この作品はフィクションです。
実在の人物・団体・事件などに
一切関係ありません。

舞台俳優、
異世界にトリップして
わんぱく王子のナニーになる

プロローグ

東雲《しののめ》響《ひびき》の張りのある声が劇場内に響き渡っている。

細かな刺繡《ししゅう》が施されたドレスシャツとベスト、首元を飾るレースのクラヴァットはボリュームがあって華やかだ。

中央で輝いているサファイアはイミテーションだが、大粒のそれは充分すぎるほどの輝きを放っている。

豪華な長上着を着こみ、足にフィットしたズボンと長ブーツ。カツラこそかぶっていないものの、その姿は十八世紀後半の西洋貴族のものだ。

「殿下の妃とはすなわち未来の王妃を意味します。祖国の国母《こくも》となられるお方には、地位はもちろん、容姿、礼節、立ち居振る舞い、そして高い教養が必要です。クリスティーヌ嬢はご自身がこれらにふさわしいとお考えなのでしょうか？　であれば、なんとまぁ太い神経をお持ちかと、呆れるところでありますね」

はははは っ、と明らかに人を見下した高笑いを上げ、響は舞台の上をゆっくりと歩き始めた。

観客席は静まり返り、カツカツカツと床を叩く響の足音だけが響いている。

自分の妹を未来の王妃にするため、皇太子の寵愛《ちょうあい》を得ている男爵令嬢《だんしゃくれいじょう》をいじめ抜くのが響の役どころだ。今まさに、国王、王妃、皇太子、そして大勢の貴族たちの前で、可哀相なヒロインを糾弾《きゅうだん》し、恥をかかせるシーンだった。

「身の程知らずなのだから神経が図太いことは当然の帰結《きけつ》、というわけですか」

舞台の奥からドライアイスの白い煙が流れ始め、あっという間に床を覆い尽くす。このまま舞台を一周し、中央に戻ってきたところで、皇太子役がそれでも彼女を愛していると叫び、響はその皇太子に向かって、高圧的な態度で頭を冷やされよと言って迫《せり》で下降し、姿を消すという手はずだ。

「それでも私は彼女を愛している。この気持ちを捨てることはできない！」

「殿下、あなた様は特別なお方なのです。好みの女性を寵愛することはよろしいが、祖国の未来を左右するような決定を、一時の感情で下すことはあまりに浅慮《せんりょ》。私はここで去りますゆえ、どうか頭を冷や――」

響の言葉はそこで途切れた。

突然、足場がなくなったのだ。迫はすでに下がり始めていたのだろうか。響の体はまっ逆さまに落ちた。

「あ！」

強い衝撃。

「いっ、つう！」

わずかなタイミングのズレで迫が下がり始め、そこに響がやってきたのならこんなに大きな衝撃ではないはずだ。おそらく迫は下がりきっていたのだろう。

だが、それにしては時間的におかしい。ついさっきまで響は中央に立ってセリフを言っていた。中央から離れてすぐに迫が動き始めても、こんな短時間で一番下まで降りきるはずがない。

（どうして……？）

そう思ったのは一瞬。すでに意識は飛んでいた。

1

切れ切れの意識がそこかしこに散らばっているような感じがする。千切れた意識はそれぞれがぼやけて浮遊《ふゆう》し、定まらない。

眠いわけではないし、ダルいわけでもない。だが、今はなにも考えず、なにもせず、ただじっとしていたかった。

しかしながら、やがて少しずつ、少しずつ、意識が集まってきて、一つになり、そしてピントが合ってきた気がする。

(晴れの舞台……だった、のに)

大学を卒業し、社会人になって、職業俳優としての初めての舞台だった。

六歳から劇団に所属しているので演技をすること自体に変わりはないが、社会人になっての出演は、これからこの仕事で食っていくことを意味する。背筋を正し、満を持して臨《のぞ》んだ舞台であった。

思考が動くと記憶も蘇ってくる。

迫に乗るタイミングを誤って奈落《ならく》の底に落ちた。こんなことがあるのだろうか。この三カ月、練習に練習を重ねてきたというのに。

響は起き上がろうとして身をよじった。

（いちちちっ）

右肩に痛みが走った。どうやら右側から落ちて強打したようだ。

自分の身に起きたことを無意識にトレースしてから、意識がそこに追いついて、正しく理解した。

（でも、なんで落ちたんだ？）

そう思った時だった。ざわっというざわめきが聞こえた。

（え？）

響は自分が広間の中心に、うつ伏せで倒れ込んでいることに気づいた。なんとか少しだけ顔を上げて周囲を見渡すと、大勢の人間が驚きの表情でこちらを見ていることを理解した。みな十八世紀から十九世紀くらいの西洋貴族のいで立ちをしている。

響はまさにその時代を舞台にした王宮物語を演じている最中だった。

ということは、まだ上演中なのだろうか？

今度は人ではなく、空間を見回す。

（広間……）

劇場の舞台上ではない。明らかにどこかの建物の中だ。

（どういうことだ？　奈落に落ちて床に倒れ込んでいたんじゃないのか？　夢でも見てる？）

注目されている。なにか言わなければいけないのだろうか、そう思って両手を床について少し身を起こすが、右肩に痛みは走らなかった。

（あれ、痛くない。どういうことだ？）

戸惑う響だったが、どこからか、そこの者、と声をかけられてハッと我に返った。

「見かけぬ容姿だが、どこの国の者か？」

いかめしい形相《ぎょうそう》をした中年の髭面《ひげづら》男が怒鳴《どな》る勢いで問いかけてくる。響は体を起こし、なんとか座るに至った。肩は痛くないがなんとなくダルい。

「え……っと、どこの」

日本と答えるのが正解なのか、あるいは別の国——例えば今回の演目の舞台となっている国とか、を答えるべきなのか迷う。

響はゆっくりと立ち上がった。

「すみません、僕、いえ、私自身が状況を把握できていなくて……その、記憶が曖昧《あいまい》で」

「記憶が曖昧だと？　なんといい加減なことを言いおって！　おいっ、誰がこの者をここに入れたのだ⁉」

男は顔を響から別の場所に向けて続けて叫んだ。

「ダーガン近衛隊長！」

「こちらに」

「説明せよ」

「説明せよと申されましても、伯も御覧になったでしょう」

近衛隊長に言い返され、怒鳴っていた男は詰まったように口を閉じた。

「金色の光に包まれながら、いきなり宙《ちゅう》から現れたではありませんか」

それを聞いて響も息をのんだ。

(いきなり宙から現れた……奈落に落ちて、で、ここに現れたってこと？　まさかそんなこと)

男は一度は口を噤《つぐ》んだものの、黙れとまた怒鳴り始めた。響はやはり自分がなにか言うべきだと思って、男に話しかけようとした。だがその時、別の、よく通る男の声が響いた。

「やめよ、騒々しい。それに金色の光に包まれて突然現れたことは、私をはじめここにい

る者たちも見ている。まずはその者の身元を特定することが先だ。黒髪の者よ、名を名乗られよ」

腹の底に響くような迫力のある声だ。

黒髪の者——響はまたもや広間を見渡し、ここにいる者たちがみな金髪かそれに近い色をしていることを確認した。つまり、呼びかけられたのは自分だ。

素直に名を名乗るべきか、役名を言うべきか、また迷う。

「答えられぬか」

続けて問われ、響は慌てて声のする方向に体を向け、そして言葉を失った。

豪華な金髪を後ろに撫でつけ、黒を基調とした軍服に身を包んでいる。長めの房飾りがついた肩章や、襟もとを飾る銀色の細かな意匠は目を引く豪華さだ。立っているだけなのに、威厳に満ち満ちている様子に驚かされる。

鼻筋が通り目元も涼やかだが、なによりも目力《めぢから》がすごい。目が合っただけで竦《すく》んでしまうような迫力と威厳。凛々しく、勇ましく、猛々《たけだけ》しい。それなのに優美であり、品位があって目が離せない。強く惹きつけられる。

響は胸の奥底がジンと震えるのを感じた。

(王様……)

ふいに言葉が浮かんだ。

（そうだ、この人は王様だ。だったら、ここは正直に言おう）

響は腹を決めた。

「いいえ。東雲響と申します。今も申し上げました通り、なぜここにいるのか、私自身、わかりません。そもそも、ここがどこなのかもわかりません」

「……そうか。では教えて差し上げよう。ここはグロスフルグ王国のカッシラード王宮殿だ。私は国王オスカー・ヴィルヘルド・ヘンドリックだ」

響は両眼を大きく見開いた。

国名、建物名、そして眼前の国王の名前、どれ一つとしてきちんと聞き取ることができなかった。

「この世界では言い伝えがある。金色の光に包まれ宙からいきなり人が現れることがあるが、その者は異世界の住人で、吉兆《きっちょう》であると」

「異世界の住人？　異世界？」

「そうだ。この世界はルフィアという名で、十五の国から成っている。心当たりは？」

「……ありません」

「では、にわかに信じがたいが、やはり貴殿《きでん》は言い伝えが示す異世界の住人ということになるな。貴殿の世界や貴殿の国の名は？」

なんと答えたらいいのか迷う。地球という名称は国王の言うところの『世界』でいいのだろうか。

「答えられないか？」

「いいえ、僕が住む世界は、地球と言います。国籍は日本です」

国王は、うむ、と短く唸《うな》った。

「私もそのような名は初めて聞く。やはり異世界から来られたと考えるのが妥当《だとう》だろう。いや、本当に信じがたいが」

それまでは多少なりとざわめいていた周囲が、シンと静まり返った。

（ルフィア……確かにまったく知らない名前だ。今回の演目《えんもく》に出てくる国や王のものでもなく、もちろん地球上に存在した国の名前でもない。だけど、異世界って、いくらなんでも……）

この世に異世界なんて存在するのか？　と自問するけれど、その答えを知るすべはない。

「陛下」

さっきさんざん怒鳴っていた髭面男が国王を呼び、会話に入ろうとする。国王はそれを手で制した。

「舞踏会開始の口上は済んだ。私は下がるが、みなは楽しむがよい」

言うなり歩き始める。姿勢がよく、歩く姿も美しく凛々しい。そんな彼のあとには体格のいい騎士と、従者と思しき美麗な男が付き従った。

「陛下、舞踏会は始まったばかりです。陛下と踊りたいご婦人方が楽しみに待たれているというのに」

「非常事態です。それはまたの機会にしていただきましょう」

食い下がる男に答えたのは国王ではなく従者のほうだった。

端正な顔立ちで、スラリとスリムな体型、長い髪をうなじでひとまとめにしている。また着ているものも豪奢《ごうしゃ》だ。

光沢《こうたく》のある白い長上着には、金糸で縫われた細かい意匠《いしょう》が素晴らしい。喉元のクラヴァットピンは鮮やかな大粒のルビーで、光を受けてキラキラと輝いている。かなり身分が高いと推察する。

「ザイゼル殿」

「これから彼の取り調べです。状況を把握することは、安全のためにもっとも大切なことですから。下がられよ」

ザイゼルと呼ばれた従者は顎を突き上げるようにして顔を反らせ、不敵な笑みを浮かべた。わめいていた髭面男が悔しそうに歯を食《く》いしばっている。

「この者を連れてまいれ」

従者が続けて言うと、近くにいた衛兵たちが響のもとに駆け寄ってきた。

「縄をかける必要はない」

はっ、と指示に従う返事がいくつも上がる。響は囚われることはなく、ただ包囲されて歩くように促された。

広間をあとにし、廊下に出ると改めてここが上演中の劇場ではなく、どこかの大きな建物の中であることを思い知らされる。

装飾や調度品なども見るからに高そうで、撮影のために集められた小道具とはとても思えない。

すれ違う多くの者たちもすべて西洋人のような容姿で、廊下の端《はし》を歩く者では、メイドらしきワンピースにエプロン姿の女性や、簡素なドレス姿の女性、男性は執事服姿の者や御者らしき服装の者たちだ。

彼らは宮廷使用人なのだろう。せわしなく行き交っているのは、舞踏会が開かれているからだと推察する。

中央を歩いている者たちは、国王と名乗った男を見ると廊下の端に寄り、頭を下げるのだが、女性はロココ調の豪華なドレス姿だし、男性陣も立派な長上着を着こんで正装している。

先ほどの広間にいた人数も鑑《かんが》みれば、エキストラを集めたにしては大人数で、大掛かりすぎる。

そもそも自分を取り囲んでいる衛兵たち。制服の上からでも首、肩、腕、胸、太もも、どれもヤバすぎる筋肉が容易に見て取れる。

そして上演中に奈落に落ちて気を失い、そこから目覚めるまでそれほど時間は経っていないと判断できる。理由は、響の恰好がまだ役柄の衣装であり、体に仕込んでいるマイクもついたままだからだ。

気を失っている間の移動なら誰かが運んだはずだが、それも今のところ、そんな人物がいるような感じもしない。

奈落からここまで他人の力もなく、それほど時間をかけずに移動したとなると、瞬間移動をしたとしか考えられない。

一瞬、物語の中にトリップしたのかとも思ったけれど、国王が言った名はどれも初耳だった。であればもう国王が言うように、異世界にトリップしたとしか考えられない。

まだ確定ではないが、そのつもりで行動したほうがいいだろう。

（異世界？　マジかよ）

頭の中はパニック状態だが、だからとて取り乱して騒ぎ立てても仕方がない。むしろ彼らに厄介者と思われたら立場が悪くなって、これからに影響する。響はそう考え、不安を必死で押し殺しながら歩いた。

廊下を何度も曲がる。次第に周囲を彩る装飾が減っていき、簡素だが厳粛《げんしゅく》な造りになっていく。

「どうかしましたか？」

従者が話しかけてきた。

「いえ、なんでも」

「そう。なにか言いたげに見えたのですが。ああ、私はグリシャ・ダール・ザイゼルと申します。病身の父、ザイゼル侯爵の名代《みょうだい》として陛下のお傍《そば》に仕えております」

「侯爵……」

「ええ」

響の反芻《はんすう》にグリシャ・ダール・ザイゼルは短く返事をしてから、ふっと微笑んだ。その目に蔑《さげす》みの色があることを響は感じ取ったものの、口にも態度にも出さず、うつむき加減に歩く。

「間もなく謁見《えっけん》の間《ま》です。国王御自《おんみずか》らの取り調べですから、あなたには大変有利です」

「有利？」

「あなたの言葉が第三者によって歪曲《わいきょく》されることがありませんからね」

「なるほど」

「それゆえ、陛下の質問には真実を答えるように」

前方に槍を持った衛兵が二人、扉の前に立っているのが見えた。そこが謁見の間なのだろう。

国王が到着すると、二人の衛兵は槍を動かして敬意を表し、また元の構えに戻った。それと同時にグリシャが国王の到着を告げると、二枚の扉が大きく開かれた。

国王が再び歩き始める。それをグリシャが礼をして送り、次に響を促して中に入った。

（謁見の間というから広いのかと思ったけど、そんなに広くはない……いや、狭いくらいだ）

二十畳くらいの広さだろうか。しかしながら、内装はゴージャスで目を瞠るものだ。壁と天井の境にある廻り縁《アーステイル》は繊細な意匠で金色に輝いている。天井には英雄らしき男を中心に天使や妖精が描かれている。

なるほど国王との謁見を行う場なのだと納得させられる。

もう一つ響のイメージと異なったのは、空間の奥が数段高くなっていて、そこに玉座があるだけだと思っていた。先ほどいたホールのように。

だがこの部屋には机と椅子が用意されていたことだった。

(間、というより、超豪華な会議室って感じなんだけど)

そんなことを考えながら、グリシャに指示された席に腰を下ろす。そこは国王の正面だった。

(やっぱり、かっこいい)

目力や風格が響の胸を射抜き、震わせる。響の好みを体現したかのような姿にただただ見入った。

「改めて自己紹介をする。私はグロスフルグ王国十七代目国王、オスカー・ヴィルヘルド・ヘンドリックだ」

「東雲響です。よろしくお願いいたします」

響は反射的に自らも名乗り、頭を下げた。が、その刹那《せつな》に隣に座っているグリシャが咳払いをした。顔を向けると、グリシャが苦笑している。そしてそれは彼だけではなく、国王──オスカーも同じだった。

「あなたは異世界の方のようですから咎《とが》めはしませんが、次回以降の発言は陛下に促されてからにしていただきたい。というのも、それが我が国ならびに、このルフィアに存在する国々の常識なのです」

「あ……すみません」

「いえ。どこの国でも国王は特別な存在なのです。その他は気になさることではありません」

「以後、気をつけます」

響は申し訳ないという感情を思いきり顔に浮かべ、頭を下げた。

それが効いたのかどうなのか、グリシャも差し出がましかったと口にしつつ響とオスカーに頭を下げる。それらを眺めていたオスカーは、一つ頷くと口を開いた。

「先ほども少し話したが、異世界が存在していること、異世界の住人が現れることは吉兆であることは、各国それぞれの言い伝えとして存在している。中にはなかなか詳細に残されている国もある。始祖《しそ》が異世界人だと伝えられている国もある。が、我が国には過去に異世界人が来たとの記録はない。どうやって訪れるのかはまったくわからない。それに吉兆と言われていても、なにがどう吉兆なのかも想像がつかない」

最初はなんとも思わず聞いていたオスカーの言葉は、次第に響にとってよくない方向に進んでいるような気がしてきた。

（なんか……雲行き、怪しくない？）

なんて思ってしまう。だが、口を挟むことはしなかった。

「なにか得意なこととか、あるか？」

「得意なこと、ですか？」

「そうだ。ここで働くとして、なにができるか知りたい」

「や、ちょっと待ってください。ここに居続ける前提なんですか？　自分の世界に帰りたいのですが」

慌てて言うと、オスカーは顎を引いて腕を組んだ。その表情が芳《かんば》しくないので、思わず隣のグリシャの顔も見る。彼も口をへの字に曲げ、目線が合わないように露骨に逸らした。

「え……戻れないんですか？」

「今も言ったが、仕組みがまったくわからない」

「こっちの人が異世界に行ったりはしていないんでしょうか？」

「行方不明者はいるが、それが異世界へ行ってしまったのかどうかは調べようもない」

確かにそうだ。来た者には出身地を聞けるが、いなくなった者にどこへ行ったか聞くことはできない。行方不明者が不幸にも亡くなったとしても、どこで亡くなっているのか調べようもない。

響は口を噤んだ。

「まあ、元の世界に戻りたいと思うのは当然だろうな。私とて、同じ立場になればそう考える。しかしながら、今も言ったように、異世界との往来についてはまったく不明だ。初心者が手探りで解明に当たることになる。異世界の記述がある国に問い合わせをしようとも思うが、時間がかかるだろう。それでも元の世界に戻る方法を探すことを約束する。その代わり滞在中は、貴殿も貴殿の知識を我々に伝えるなどして協力してほしい」

「もちろんです。できることはなんでもします」

「では、決まりだな。互いにとって有益な交流を深めよう」

「はい」

オスカーは、うん、と力強く頷いた。

「滞在中はなんらかの仕事をしてもらいたい。望まず、不幸にしてここに来てしまったとはいえ、なにもせず過ごさせるわけにはいかないのでな」

オスカーが探るようなまなざしを向けてくることが響には居心地が悪く、居住まいを正した。

「もしかして、まだ就学中だったりするのだろうか。それならば留学生として扱うので、当国の学院で学んでもらってもかまわないが」

響は驚いて飛び上がった。そして胸の前に両手をやって何度も振った。

「とんでもない。もう学校は卒業しました。今年から社会人で、舞台俳優としてやっていくつもりでした」

「舞台俳優？」

「はい。ドラマや映画などの撮影型じゃなく、劇場などの舞台に立って観客に生の演技を披露する……えーっと、どうかしましたか？」

オスカーだけではなく、グリシャや他の者たちも目を丸くしている。

（なにか変なこと、言ったっけ？）

首を傾げながらオスカーの返事を待っていると、彼はこほんと咳払いをしてから話し始めた。

「すまない。舞台俳優という言葉を初めて聞くので想像がつかず、驚いた。それはどういうものなのだろうか？」

今度は響が驚いて目を丸くした。

「もしかして、この世界には俳優って職業はないのでしょうか？」

「そうだな。聞いたことがない」

「演劇も？」

「演劇？」

「えええ、そうなんだ……俳優というのは、物語に登場する人物になりきって演技をする専門家です」

オスカーは深い藍色の瞳を丸くして黙り込んでしまった。

「本は、ありますよね？　創り物のお話です。伝記とかでもいいです」

「それはもちろん」

さすがに本はあるようでホッとする。響は気を取り直して続けた。

「それら、物語や伝記などに出てくる登場人物になりきって、状況を再現するんです。一人でする場合もあるし、数名あるいは数十名で演じる場合もあります。人前で披露したり、映像で……えっと、この世界にはないと思いますが、僕の世界では物事を動くままに記録することもできます」

するとオスカーはまた目を丸くした。

「動くままに記録する？」

「はい」

そう答えながら後悔する。

（あーー、失敗した。動画とかフィルムとかの説明、たぶんいくら言っても通じない。言

わなきゃよかった）

だが、もう遅い。オスカーの瞳は驚きから一転して興味津々に輝いている。これは追及のまなざしだろう。

（うまく説明できるか。説明できる質問をしてほしい）

構えていると、響が考えているのとは異なる要望がきた。

「演技するとはどういうものか、見たほうが早い。披露してもらえるか？」

「え……ここで、ですか？」

「そうだ。職人ならできるだろう。それとも専門の道具などがいるとか？」

「いえ、特に道具は……まあ、あったほうがわかりやすい場合もありますが……」

なんて言いながら、頭の中では演目や役柄がいろいろ浮かんでくる。説明などしなくても伝わるような、わかりやすいものがいいだろう。

（パントマイム、かな。いや、セリフがあったほうがいいだろう）

思案して視線を彷徨《さまよ》わせているうちにオスカーと目が合った。なにか言いたそうにしているのを察し、慌てて同意する。

「やります。なにがいいか考えていました」

響は言うと立ち上がって動き回ることができる場所まで移動した。そして大きく息を吸って吐き、上を向いた。数秒天井を睨むと目を閉じ、また数秒。そしてオスカーをまっすぐに見た。

「愛する人に裏切られた男が、怒りの末にその女性を手にかけ、亡骸《なきがら》を前に苦悩するというシーンです」

響は右手と右膝を床につき、腹の底に力を込めた。

「なんということだ！　あの狂うような憤《いきどお》りは死をもって償《つぐな》われると信じたというのに。それなのに、まったく報われたなど思えない。むしろ、ますます己《おのれ》の苦悩を深め、苛《さいな》む。なぜ手にかけた！　なぜ許してやれなかった！　生きてさえいれば、愛を囁《ささや》くことはなくとも、あなたを感じることはできたはずなのに！」

さらに身を屈め、両手を突きだして倒れている人を抱きしめる仕草をする。そこから顔を上げ、天に向かって怒鳴った。

「私はなんという愚《おろ》か者なのだ！　どれほどあなたを愛していたか！　手遅れになってから気づくなどと！　神よ、どうか私を雷《いかずち》で貫いてくれ！　この身の一片たりとも残さず木《こ》っ端《ぱ》みじんに砕き、焼き尽くしてくれ！　ああああーーー！」

天に向けて大声で叫び、そして打ち震えるまま蹲《うずくま》った。

それからわずかな沈黙。

十数秒の間を置いたあと、響は立ち上がって大きく礼をした。

「こんな感じで他人を演じます」

「………」

「言い方とか身振りなどがわざとらしく思われたかもしれませんが、観客はかなり離れたところから見学します。普通の動きだと見えにくいんです。だからわざと身振り手振りや発声など大きくしています」

「………」

反応がない。響は不興《ふきょう》だったかと不安に駆られた。

「あの、国王陛下……いかがでしたか？」

「あ、ああ、なるほど。それが演技というものなのか」

「はい。あとは激しく動き回ったりもします」

「動き回る？」

「ええ。殺陣《たて》という立ち回りがあります。僕はそれが得意なんです。なにか長い棒があればいいのですが」

きょろきょろ見渡すと、部屋の端に甲冑姿《かっちゅうすがた》の騎士の像が飾られているのを見つけた。腰には細い剣がある。確かめると、ダミーの剣だった。

「これ、お借りしてもいいですか？」

「かまわんが」

「では、拝借《はいしゃく》します」

像から剣を取り、元の位置に戻る。

殺陣の相手はいないが、今までの舞台で武士の役もやってきた。特に昨年演じた役柄は、江戸の町で用心棒をしている人物で、相当練習したものだ。その時のことを思い描く。

「雇われた剣士が雇い主を守るため、複数の刺客《しかく》を相手に戦うというシーンです」

大きく息を吸い、腹の底に力を込める。

ゆっくりと抜刀し、剣先を敵の一人に定めた。

「雑魚《ざこ》どもよ、刀《かたな》の錆《さび》にしてくれよう」

言うなり数歩大きく前に駆けだし、右足で踏ん張ると右から左上へと剣を躍《おど》らせる。

次に回転しながら大きく剣を振り下ろす。

後方から襲ってきた敵の剣を右にかわすと、一歩前に踏み出して今度は左にかわす。それを三回続ける。

そこからまた剣を振り上げて斬り下ろし、今度は左手をのばして敵の胸ぐらを掴んで柄で打ちつける。

敵の剣が迫るのを、体をのけ反らせながら後方に飛んで逃れる。

体勢を立て直しながら敵の一人に近づき、腕を掴んで引っ張り、盾にする。

その敵が響の身代わりに斬られて崩れたら前方に押しやって相手の隙を作り、その間から斬り込んだ。

もちろん一人芝居だ。だが、まるでそこに大勢の敵がいて、囲まれ攻められているように見えるのは、体が段取りを覚えきっているからだ。

響の目には最後の一人が見えていた。

体を低くして踏み込む。そして相手の右脇に入り込み、剣を振り切った。相手が絶命し、倒れたところで響も身を起こした。

くるりと半回転する。

オスカーの前まで歩み、頭を下げた。オスカーは目を大きく見開いていた。

「今のが殺陣、剣を使った戦いのシーンです。動きが激しいのでセリフはありませんが、大勢で演じれば迫力があって、観客を魅せる場となります。ほかにも大勢で踊ったり歌ったりする演出もあり、演劇の表現は無限です」

「貴殿は……」

「はい」

「もしよければ、我が騎士と手合わせなどどうか？」

一瞬なにを言われているのかわからず、響はぽかんとオスカーの顔を凝視した。だが、彼の斜め後ろに控えている男が一歩前に踏み出したのを見てようやく察した。

肩や胸板が立派で、腰には剣が下げられている。長上着の前が開いているが、中に鎖帷子《くさりかたびら》のようなものが見える。間違いなく国王を守るつわものだ。

「とんでもない！　僕はあくまで演じているだけで、本物の剣など触ったこともありません」

「そうなのか？　素晴らしい動きだったが。なぁ、ディルク」

ディルクと呼ばれた騎士は鋭い目つきで響を睨んだ。そのひと睨みで響は縮み上がった。こんな見るからに強そうな男と手合わせなどできるはずがない。一発殴られただけで気を失いそうだ。

「この者はディルク・フェルザーといって、私の身辺護衛士だ。かなりの使い手だが、貴殿ならいい勝負になりそうだが」

「いえいえいえ！　僕は素人《しろうと》で、月とスッポン、天地ほど違います！」

「なかなかの腕前だったぞ？」

「僕の殺陣は、関係者全員動きを理解して、約束事の中で動いているんです。しかも観客にかっこよく見えるよう計算されているんです。今の演技に敵役がいても、実際には見える角度を調整したりして体に当たらないようにしています。そちらの方と戦ったら、一瞬で真っ二つにされてしまいます。お許しください」

慌てて否定すると、オスカーは納得がいかない様子であったが、申し出を取り下げてくれた。が、その騎士の目つきは鋭く、響は心底震えあがった。

「陛下」

いつの間にかオスカーの傍に文官らしい、制服姿の男が立っていた。

男は身を屈め、オスカーの耳元に顔を寄せ、なにか囁いている。それを聞くとオスカーは頷き、手で男を下げさせて響に向き直った。

「なかなか興味深かった。もっと詳しく教えてもらいたい。それに時間を取らねば難しくてなかなか理解できそうにない。私はこれから用事があって離席するが、貴殿は好きに過ごされよ。グリシャ、彼に誰かつけてやってくれ」

「かしこまりました」

グリシャが右手を胸にやって軽く頭を下げる。

「では、失礼する」

オスカーのその言葉と同時に響以外の者が一斉に立ち上がって礼をした。

響は驚きつつも状況を理解し、自らも立ち上がって頭を下げる。そんな中をオスカーは護衛士と側近を伴って去って行った。

残ったのは響のほかはグリシャと裾が長い執事服姿の初老の男だけだった。

二人はなにか小声でやり取りし、そして終わったのかグリシャが近づいてくる。初老の男のほうは扉に向かって歩きだした。扉近くに立っているメイドに話しかけると、そのメイドは礼をして扉の向こうへ消えてしまった。

「あなたに諸々《もろもろ》説明し、またあなたから、あなたの世界のことを聞き取る世話役を呼びました。すぐに来るので少々お待ちを」

グリシャに言われて待っていると、間もなく十五、六歳かと思われる少年が現れた。日本人の目からは、西洋人は年上に見えがちなので、実際はもう少し若いのかもしれない。明るい金髪に緑色の瞳の美少年だった。

執事服姿ではなく、両肩から腹部にかけて斜めにいくつものボタンがついている白の制服を着ている。

肩章やベルト、袖口、長ブーツは赤色だ。オスカーを呼びに来た男と肩章やベルトの色が異なるが同じ形の制服なので、おそらく官吏《かんり》なのだろう。

「セフィー・クロスです。この者になんでも言ってください」

「よろしくお願いいたします」

セフィーと紹介された少年は、緊張した面持ちで挨拶をした。

「東雲響です。よろしくお願いします」

「どうぞ、こちらへいらしてください」

セフィーについてしばらく廊下を歩くが、ため息をつきたくなるような壮麗《そうれい》さで、響はただただ目を瞠るばかりだ。

「着きました。こちらの部屋を自由に使ってください。足りないものはなんなりとお申し付けを」

「わかりました」

セフィーは部屋の中を案内してくれた。十畳ほどの広さにベッドと机が置かれている。扉が二つ。一つはトイレで、もう一つはクローゼットだった。

「食事ですが、半地下にある食堂でお願いします。風呂は湯殿《ゆどの》があるので、そちらに行ってください」

「わかりました。あ、でも、えーっと、僕って使用人待遇《たいぐう》ですよね？　こんないい部屋を使わせてもらえるんですか？」

「あなたは職人枠と聞いています。国王陛下承認の職人は、待遇ではけっこう上のほうになりますので」

響はなるほどと頷きながら改めて部屋を見渡した。

「食堂は朝の六時から夜の八時まで開いています。ですが、本日は王家主催の舞踏会が開かれておりますので、深夜までやっています。湯殿は終日使えます。希望されるなら今からご案内しますが、いかがしましょうか？」

響は少し考え、かぶりを振った。

「空腹ではないし、風呂も今はいいです」

「わかりました。それから、一階には各行事に使われるとても広いダイニングルームがいくつもあります。ですが、それらは今日のような、貴族や各国からの賓客《ひんきゃく》を集めた催しの時だけ使うので、食べ物などが置かれていても手をつけないでください」

「わかりました」

セフィーは響の返事に頷いた。

「クローゼットに寝衣やガウンがありますが、衣服のほうはこのあとすぐに揃えます。俳優という職業だと伺いましたが、当国にはそのようなものはございませんので、どのような衣装が妥当《だとう》かわかりません。近い職業を教えていただけますか？」

「近い職業……近い職業ってのは……ちょっと」

「困りましたね。では希望などありますか？」

「特には。えーっと、この世界には楽団とか、踊り子とかもないんですか？」

「ありますよ。音楽に合わせて踊ることは盛んですが、他人になりきってなにかをする、なんてものはありません。想像もつきません」

想像すらできないのなら説明しても無駄だろう。響はあまり深く話すことはやめた。

「シャツにズボンでいいです。宮殿内で失礼な恰好でない程度で」

「そうですか。わかりました。こちらで他の職業と誤解されないようなものをすぐに用意いたします。お仕事などのお話は明日から、ということなので、本日はこのままお休みください。もし食堂や風呂に行かれるなら、恐縮ですが、しばらくは衛兵が付きますのでご了承ください」

「わかりました」

「私やそのほかの者に御用の折は、戸口に控えている衛兵に言えばすぐに参ります」

「はい」

「それでは失礼いたします」

セフィーが部屋から去り、一人になる。響は窓際に置かれているベッドの縁に腰を下ろした。膝に腕を置いて前屈みにうつむく。

シンと静まり返った部屋にいると、急に足もとから恐怖が湧いてきた。

さっきまでは大勢の中にいて、対応するので精いっぱいでキャパオーバー状態になり、自分に起こったこと、置かれている状況を冷静に考える余裕はなかった。

今、一人になって、ようやく現実を理解し、その重みが圧《の》しかかってくる。

（どうして……）

どうしてこんなことになった？

どうしてこんな世界に来た？

どうして――その言葉がグルグルと回って思考を奪う。

異世界などというものが本当に存在しているのか。単に欧州のどこかの国ではないのか。

考えても誰も答えてはくれない。

（どうしよう）

誰も知らない、文化も習慣もわからない世界、国。これからどうなるのか、考えると恐怖で体が小刻みに震える。両手で顔を覆った。

（どうしよう）

あまりの緊張と恐怖で胃が締めつけられ、酸っぱいものが込み上げてきた。

（吐きそう）

そう思った時だった。扉がノックされ、セフィーの声が聞こえた。

「入ってもよろしいでしょうか」

彼の声が響に少しだけれども冷静さを取り戻させてくれた。

「はい、どうぞ」

「失礼いたします。衣類をお持ちしました」

大きな箱を抱えてセフィーが入ってくる。その箱をクローゼットの前に置いて、近寄ってきた。響に顔を向けると首を傾げた。

「どうかされましたか？　顔色が悪いですよ」

「……いえ、なんでも」

セフィーはパチパチと大きな目を瞬き、少し考えたふうに上を向く。それから響に向き直った。

「私も異世界の住人が現れたと聞いて驚きました。他国では記録があるのですが、当国では言い伝えとして語られるだけで正確なものはありません。なのでにわかには信じがたいですが、このルフィアでは黒髪の者はいないので、あなたが異なった世界からやってきたことは、感覚的に理解できます」

「…………」

「受け入れる私たちは驚いたり、戸惑ったりするくらいです。ですが、あなたは一人、よくわからない世界に来てしまって、さぞや不安でしょう。取って食ったりはしないので、不安に思われることはありません。陛下は寛容《かんよう》なお方ですし、大変聡明《そうめい》であり、優れた王です。その庇護《ひご》のもとにいるのですから、身の安全は保障されています」

「………」

「ちょっと待っていてください」

そう言うなり、セフィーは部屋を出て行き、しばらくしてまた戻ってきた。

「宮殿内の案内図です。新米使用人のために作られたものです。衛兵は付きますが、これを使って宮殿内を見回れたら気分も紛れると思いますよ」

「………」

驚く響にセフィーはふっと微笑んだ。

「時間がある時は、私も案内いたしますよ」

「……すみません」

「いえいえ、ザイゼル様からの命《めい》であり、私の仕事ですからお気遣いなく。私は官吏見習いなのです。肩章やベルトが赤い者は見習いで、黒い者が正式な職務執行者です。もしよろしければ、さっそく宮殿内を歩き回ってはいかがです？　部屋に閉じこもっていては滅入るでしょうし、早く建物の造りなど覚えたほうがいいでしょう」

響はしばしセフィーの整った顔を見つめ、それから頷いた。

「そうします」

セフィーは軽く会釈をすると、響を手招きし、部屋を出た。扉の脇に槍を持った体格のいい衛兵が立っている。セフィーはその衛兵に事情を話し、響に向き直った。

「行ってらっしゃいませ」

そう言って軽く礼をするセフィーに、響も頭を下げ、衛兵とともに散策に出かけたのだった。

2

衛兵は響から数歩後ろに立っている。一緒に連れ立って宮殿内を案内してくれる気はないようだ。響を見張るのが仕事であり、宮殿内の安全を守るのが彼の役目なのだから当然だろう。

(仕方ない。彼は衛兵なんだから)

とはいえ、途中、響がなにか書くものをと思っていたら、近くを通ろうとした官吏に衛兵が声をかけ、ペンを借りてくれたので気にはかけてくれているようだ。

響は案内図を見ながら、位置と場所の特徴を確認し、覚えられるように気になったことを書き記していく。

「ここの壁には、田園《でんえん》の風景画、と」

案内図にそう書き込んだ。

敷かれている絨毯《じゅうたん》、置かれている彫刻や掛けられている絵画、吊るされているシャンデリアなど。そのほかにはテラス窓に備えられているカーテンの色や柄もだ。

案内図に書いておけば困った時に助かるが、それよりも書くことで覚える効果もある。響は後者のために書き記す癖をつけていた。だから彼の台本は赤ペンや青ペンでずいぶん賑やかであった。

もう一度絵を見つめ、それから長く続く廊下の先に視線をやった。

この豪華な宮殿が、オスカーと名乗ったあの威厳ある国王のものなのだ。彼の姿を思いだし、響は感嘆のため息を落とした。

(かっこよかったなぁ。僕でなくても惚れるよな。あの目力、痺《しび》れる。タイプど真ん中なんだけど!)

と、胸の内で呟く。と同時に、顔が熱くなってきた。

(これってもしかして、一目惚れ? ダメだよ、それは。この国の国王だし、僕は自分の世界に帰りたい。憧れの対象ってことにしておこう。それがいい。ほら、推《お》しってヤツだよ、推し!)

響は、うん、と強く頷くが、斜め後ろに立っている衛兵が怪訝な顔をしているのに気づいて慌てた。

(気をつけないと)

気を取り直して続きを、そう思った時だった。バタバタバタと複数の足音が近づいてくる。

「こっちか？」

「いや、向こうじゃないか？」

何人もの宮殿使用人が慌てたように走り去って行った。

「どうしたんだろ。舞踏会でトラブルでもあったのかな？」

「どうでしょうか。広間とは逆方向ですが」

衛兵も首を傾げた。

大勢の賓客が来ているのだからなにかあってもおかしくない。とはいえ、それは今の自分には関係ないこと、そう思って探検を再開する。衛兵がいるのでなにか起こっても安全だろう。

広く長い廊下を進んでいく。次第に人の気配が減っていき、静けさが広がる。遠くまで来すぎたのかな、と思った時、ふと冷たい風が通り過ぎた。

見ると廊下に並ぶテラス窓の一つが開いている。誰もいない場所の窓が開いていることを不思議に思い、響はそこに向かって進んだ。テラス窓の外はバルコニーになっていて、もぞっとなにかが動いたのが見えた。

（なんだ？　動物？）

そっと覗くと、子どもが手摺《てす》りによじ登っているではないか。響は驚いて飛びだした。

「危ない！」

「うわあ」

ダッシュして子どもの肩と腕を掴んで引き寄せた。子どもが驚いて暴れた反動で、響はバランスを崩して尻もちをついた。

「なにするんだ！」

「え？」

「え、じゃない！」

「だってここ三階だよ!?　落ちたら怪我《けが》どころじゃ済まないよ」

「落ちたらじゃない。僕はここから出るために登ってたんだ！」

子どもは乱暴に叫んで響を振り払い、立ち上がって怖い顔で見下ろしてくる。助けた相手に怒鳴られて、響はわけがわからずきょとんとその子どもを見上げた。

なかなかのイケメンだ。成長したらさぞかしいい男になるだろう。輝く金髪がふわふわしていて見るからに触り心地がよさそうだ。ぷくっとした頬に、澄んだ緑色の瞳は大きくて愛らしい。

レースがふんだんについているドレスシャツに七分丈のズボン。そして長ブーツ。さまになっていて、雑誌の表紙を飾るモデルのようだ。

「邪魔すると死刑だぞ！」

「死刑……いや、その前に、君、子どもなのになんでそんなに偉そうなの？」

思わず言ってしまった言葉に、今度は子どものほうが驚いて目を見開いた。

「シノノメ殿、それはマズい」

「へ？　どうして？」

衛兵が顔を青くして慌てている。が、響の問いに答えたのは、衛兵ではなく子どものほうだった。

「はぁ？　偉そうって、偉いに決まってるだろ。僕はこの国の王子なんだから」

「王子……」

「そうだ」

両手を腰にあてて仁王立ちし、フン！　と鼻息荒く怒っている。態度は偉そうだが、まだ四、五歳くらいなので、怖いどころか、かわいいばかりだ。

「君、ホントに王子様なの？」

「そうだって言ってるだろっ」

「…………」

「信じないのか!?　というか、お前、宮殿にいるのに僕の顔を知らないのか!?」

うん、と反射的に頷いたら子どもは、え、と固まった。

「話せば長くなるけど、僕は異世界から来たようで、この世界のことはまったくわからない。王様とは会ったけど、詳しい話は明日から教えてもらうんだ。えーっと、王様、なんて名前だったっけか」

響が腕を組んで思いだそうと、うーん、と唸っていると、

「グロスフルグ王国十七代目国王、オスカー・ヴィルヘルド・ヘンドリックだ」

と、子どもが答えてくれた。

「そうそう！　その長い名前。なかなか覚えるのが難しい。ついでに国の名前もロブスターみたいでそっちに意識を持っていかれる」

「ロブスター?」

「僕の世界じゃ大きなエビなんだけど」

「エビ！」

子どもは叫ぶと言葉を失って、またしても固まってしまった。

「ごめんごめん。けっして大切な国名を茶化したんじゃないよ。でも、初めて聞く名前で

大混乱してる。グロスフルグ王国、オスカー……ヴィ……ヘッドロック国王……じゃないよな、えーっと」

「違う。オスカー・ヴィルヘルド・ヘンドリックだ」

「そうだ。オスカー・ヴィルヘルド・ヘンドリック……ヘンドリック国王陛下、おし、覚えた」

一人納得する響に子どもは呆然となっている。響はさらに続けた。

「君が王子様ってことは、ヘンドリック国王陛下の息子だよね。僕は東雲響。今日からこの宮殿で暮らすことになったんだ。よろしくね」

「……クリスハルト・フィル・ヘンドリックだ」

「クリスハルト王子様か。年は？」

「……四歳。だけど、もうすぐ五歳になる」

なんだかずいぶん戸惑っている。響は首を傾げた。

「どうかした？」

「どうかって……僕はこの国の王子なんだぞ。お前、口の利き方がなってない」

「あ、そか。ごめん。ごめんなさい」

「とにかく、僕は外に出たいんだ。邪魔するな」

「邪魔って……」

バルコニーから外に出る、バルコニーの手摺りをよじ登っていた、つまり一階に飛び降りようとしていたということだ。

「いやいやいや、ダメだよ。ここ、三階だよ！」

その時、ガヤガヤと騒々しい人の声が近づいてきた。

「あ、しまった」

クリスハルトがそう呟いた時には、五人もの大人がバルコニーに駆け込んできた。

「殿下！　お捜しいたしました！」

「こんなところに。風邪を召されたら大変です。早く中へ」

裾が長い燕尾服《えんびふく》を着た老人が叫ぶように言うと同時に、隣にいる若いメイドも話しかける。

五人はクリスハルトを取り囲んで廊下に戻るように促す。それをクリスハルトが振り払おうと暴れた。

「殿下」

「放せ。戻りたくない」

「本日は舞踏会が開かれており、警備はそちらに集中しております。部屋でお過ごしくださいませ」

「さようでございます。国王陛下のご命令でございますよ」

「さぁ、参りましょう」

男性の老人や老若の女性たち、それぞれがクリスハルトに話しかける。なんだか大勢から一斉に言われて可哀相な気もするが、クリスハルトはそんな彼らを頭ごなしに怒鳴りつけた。

「うるさい！　どうしようが僕の勝手だ！　僕に命令するなんて無礼だぞ！」

「命令なんて滅相《めっそう》もございません。我々は殿下の安全を願って」

「黙れ黙れ！　僕は王子だ。次の国王だ。なにをやってもいいんだ！」

「それは違う」

クリスハルトの言葉に響は思わず口を挟んでしまった。一斉に注目されて焦るが、ここは引くわけにはいかない。

「それは違うよ、王子様。危ないことは、王子だろうが平民だろうが、やっちゃいけないんだよ」

「そんなことない！」

「そんなことあるよ。王子様がさっきしようとしていたことはとても危険な行為だ。大けがをして、いや、もしかしたら立てなくなったり、一生目覚めなくなったりしたらどうするんだ。それに心配してくれる人を怒ってもいけない」

「でも」

「でもじゃない」

響が少し強い調子で言うと、クリスハルトは首をすくめた。

「あなたたちも、王子様のことを心配しているなら、ちゃんと叱らないといけないと思います」

「殿下を怒るなどできようはずがありません」

若い娘が不服そうに言い返した。

「それも違う。怒ることと叱ることはまったく違います。子どもを怒ってはいけないです。きちんと理由を述べて、理解するように叱るものです。でないと、その子のためにならない」

シンと静まり返り、一同がじっと響を見つめる。その視線に対し、端から順番に見返しつつ、響はジワジワと後悔の念が胸中に広がっていくのを感じた。

(しまった。いらないこと、言ってしまった……かも)

だが、もう遅い。ここは堂々と胸を張っていたほうがいいだろう。冷や汗のような、脂汗のような、よくわからないモノが全身に浮かんでいるのを自覚しつつ、響は精いっぱいの虚勢《きょせい》を張って彼らの視線を受けとめた。

「えーっと、あなたは」

クリスハルトの傍に立っている老紳士が沈黙を破って尋ねてきた。

「その髪と目の色……もしかして、グリシャ様がおっしゃっておられた異世界の方？」

と、続ける。

「異世界!?」

これは若いメイドだ。

「そうです。東雲響と申します。東雲が家名で、響が僕自身の名前です。僕の国では、家名が最初に来るもので」

またシンとなる。どうしていいのかわからず、響も一緒に沈黙してしまったが、今度は自らその沈黙を破った。

「新参者《しんざんもの》が偉そうなことを言ってすみませんでした。王子様がバルコニーの手摺りに登っていたので、危ないと止めたのです。落ちたら大変なので、気をつけてあげてください。僕は宮殿内を探検中でして、それでは失礼します」

九十度くらい頭を下げ、響は身を翻《ひるがえ》した。

廊下に戻って再び奥に向かって進む。すると、タタタッと足音がしてクリスハルトが横に並んだ。

「あれ、王子様」

「城内を探検するなら僕もつきあう」

「へ？」

「それに王子様なんて呼ばなくていい。クリスハルトだ。あ、クリスでいい」

「でも……」

「でもじゃない。僕がいいって言ってるんだから、いいんだ」

「……そう」

なんだかよくわからないが、どうやら気に入られたみたいだ。それに子どもの顔を見ていると気持ちが明るくなる。響は驚きの表情から笑顔に変わり、うん、と頷いた。

「じゃあ、お言葉に甘えてそう呼ばせてもらうよ。僕も、ヒビキって呼んでくれたらいいから」

「ヒビキ……わかった」

クリスハルトは照れたように少しだけ顔を背けているが、手をのばしてきたので掴み、つなぐ。そして一緒に歩き始めた。

「さっき、舞踏会が行われているから警備が手薄になってる、部屋にいてほしいって言っていたね。いいのかなぁ」

なんて話しかけてみるけれど、本心では、後方に衛兵もいるし、彼の従者もついてきているし、危険はないだろうと思っているのだが。

「いいんだ。見張ってるんだから」

さり気なく後ろを確認すると、老紳士と若いメイドの二人に人数を減らし、距離を取りつつもついてきている。

「僕がいなくなったら困るだけなんだ」

「姿が見えなくなったら彼らが困るのを知っていてやってるわけ？　意地悪じゃない？」

「いいんだってば。僕は王子だから、なにをやっても許されるんだ」

「それは違うってさっき言ったよ？」

「……危険なことをしなかったらいいんだろ？　もう手摺りには登らない」

「約束してくれる？」

するとクリスハルトは照れくさそうに、うん、と頷いた。

（一瞬、漫画とかに出てくるわがまま王子様かと思ったけど、そうじゃなさそうだ）

安堵を気づかれないように注意し、ホッと小さく吐息をつく。

クリスハルトは、ここは何部屋だとか、この先になにがあるとか、響が聞いてもいないのに説明してくれる。

小一時間くらい歩いただろうか、いつの間にか響は自分にあてがわれた部屋の近くに戻っていることに気づいた。

「僕の部屋に近いみたいだ。今日はここまでにするよ」

クリスハルトは響の言葉に驚いたような顔になった。

「どうかした？」

「……うぅん」

まだ歩きたかったのだろう。終わりを告げられて寂しいのだと察する。だが、彼の後ろには身を案じてついてきている二人がいるのだから、そろそろ彼らもお役御免《やくごめん》にしてあげたほうがいいだろう。

「ありがとう、とっても助かったよ」

「ヒビキがあいつらを叱ってくれたから」

「え？」

「スカッとしたんだ。そのお礼だよ」

それはいけない。響はそう思ってクリスハルトの目の高さになるよう屈んだ。

「悪いことをしたヤツが罪を暴かれて叱られるのを見てスカッとするのはいいけど、人のために、君のために、心配したり頑張ったりしている人が注意されているのを見てスカッとするのはいけないよ。それは心が曇っているからだ」

「…………」

「クリスを責めてるんじゃないんだ。僕だってそう思うことがある。ざまぁみろってね。でも、そう思ったら、あ、いけなかった、反省しなきゃって思うことにしてる。人の不幸を喜んだら、自分も人からそう思われるからさ」

響はクリスハルトの頭を優しく撫でると、スッと立ち上がり、胸に手をやって頭を下げた。大仰に見えるが芝居ではよくある仕草だ。

「クリスハルト王子様、今夜はありがとうございました。とても楽しかったです。では、失礼いたします。おやすみなさいませ」

顔を上げてそう言うと、にっこり笑ってかわいらしく手を振る。そして部屋に向かって歩きだした。クリスハルトはしばらく無言で響の背を見送ると、

「王子の頭に触れるなんて無礼者め」

そう呟いて、身を翻して駆けて行った。

3

国王のオスカーが謁見の間に響を残して向かったのは礼拝堂だった。中央の祈りの間を取り囲むようにして、瞑想のための小部屋が配置されている。オスカーはその中の一つに入った。

中には黒いフードを被った小柄な人間が座っている。その者は背後に感じた人の気配に対し、無言のまま振り返ることなく頭を下げた。

オスカーもまた無言のまま進み、その者の隣に腰を下ろした。

「断られました。クリスハルト様は陛下に捧げた御子《おこ》ゆえ、一切関わらぬとのことでございます」

小さな嗄《しゃが》れ声。オスカーは告げられた言葉にほんのわずかな時間、沈黙した。

「……そうか」

「ご命令通り、殿下のためと申し上げましたが、復縁を望んで、と伝えたほうがよかったのではないでしょうか？」

「なにを言っている。今はもう公爵夫人だぞ。そんなことを言えば大混乱になる。それに大嘘をつくわけにはいかん。残念だが、あきらめるしかない」

「殿下にはまったく気の毒でございます」

「確かに。あ、では、もう一つ頼まれてくれるか？」

「なんなりと」

オスカーが男の耳元に顔を近づけて囁くと、男は頷いた。オスカーはそれを見ると、静かに立ち上がり、小部屋から出た。

「陛下、ご報告が」

後ろ手に扉を閉めるオスカーに、制服姿の若い男が歩み寄って片膝をついた。

「どうした」

「殿下が例の異世界人と廊下を歩いております」

「クリスハルトが？　今宵《こよい》は舞踏会ゆえ、部屋にいろと申したはずだが」

「申し訳ございません。そこのところは、どうもダバディが目を離した隙に逃げられた模様で」

ダバディとはクリスハルトについて回っている、裾の長い燕尾服を着た老紳士の名前である。

　オスカーは声を上げて笑った。

「ダバディもいい年だからな。そろそろ引退させないといけないな。で、クリスハルトは異世界人となにをやっているんだ？」

「宮殿内を案内している様子です」

「案内？　クリスハルトが？」

「はい」

「……そうか。わかった」

　返事をして歩き始める。その後ろに控えていた従者が二名。一人がグリシャだ。また身辺護衛士であるディルク・フェザーも同様に追随《ついずい》する。

「陛下、あの異世界人、本当に宮殿内を自由に歩かせていいのですか？　牢に閉じ込めておくほうがよいのでは」

　グリシャではないもう一人の従者がそう言った。名をハワード・マイゼンという。

「よくわからない人物が現れたことで、宮殿内では不吉ととらえる者が多いかと」

「異世界人の出現は吉兆だと言われている。不吉ではない。それに礼儀正しそうで、いいではないか」

「殿下と一緒とは感心できません」

オスカーは、そうか、と言ってまた笑った。

「陛下、笑い事ではありません」

「周囲にいないタイプで興味深い。空想の物語を演じるなど、なかなか面白い趣向《しゅこう》ではないか。それに、あの者自身もそうだが、あの者が住む世界のことが気になる。処分は話を聞いてからでも遅くはない。それともお前は、我が騎士団があの者一人にかなわぬと申すか？」

「滅相《めっそう》もございません」

「ではしばらく様子見でいい。なぁ、グリシャ」

グリシャは微笑むだけだった。自分より年上のハワードに配慮してのことだろう。

「クリスハルトがどんな様子か気になる。見に行こうではないか」

しばらく宮殿内を捜して歩いているうちに、響とクリスハルトの姿を見つけた。手をつないで歩く二人。クリスハルトはあいているほうの手を動かして、なにか一生懸命しゃべっている。おそらく宮殿内の説明をしているのだろう。

クリスハルトの顔を見つめるオスカーは、右手を口元にやって、ふむ、と考え込んだ。

「陛下？　いかがなさいましたか」

ハワードの問いに、目だけ動かして彼を見、またすぐにクリスハルトに戻した。

「陛下」

「ハワード殿、陛下の考え事の邪魔になるので、しばし待たれよ」

「邪魔？　邪魔とは」

グリシャは右手の人差し指を立てて口元にやった。静かに、とジェスチャーで示され、ハワードが悔しそうに口を噤む。

部下たちがそんなやり取りをしているのを、オスカーはまったく意に介さず、無視している。

そんな中、響とクリスハルトが立ち止まった。

「ここにいろ」

オスカーは二人に言い、足音がしないように注意しながら響とクリスハルトに近づいていった。

「スカッとしたんだ。そのお礼だよ」

「悪いことをしたヤツが罪を暴かれて叱られるのを見てスカッとするのはいいけど、人のために、君のために、心配したり頑張ったりしている人が注意されているのを見てスカッとするのはいけないよ。それは心が曇っているからだ」

「…………」

「クリスを責めてるんじゃないんだ。僕だってそう思うことがある。ざまぁみろってね。でも、そう思ったら、あ、いけなかった、反省しなきゃって思うことにしてる。人の不幸を喜んだら、自分も人からそう思われるからさ」

響はクリスハルトの頭を撫でると立ち上がり、礼をして去っていく。

それをクリスハルトが切ないまなざしで見送り、その後、自らも身を翻し、響とは逆方向に走っていった。

(注意をされているのに反論しないとは。あの異世界人になにか感じるものがあるのか。彼の言っていることは正しいし、ただ注意するだけではなく、自らも同じだと言って寄り添って責めきらないのは、うん、よい手法だ)

オスカーが、ふむ、と唸る。

「陛下、殿下も部屋にお戻りになった様子。陛下もそろそろ」

ハワードが再び声をかけてきた。

「ん？　ああ、そうだな。私も部屋に戻るとするか」

「部屋でございますか？　舞踏会へは」

「面倒だ」

「面倒……いや、それはいくらなんでも。陛下と踊りたいという貴婦人たちがたくさんお待ちに、あ、陛下」

ハワードの小言にも似た言葉など無視し、オスカーは颯爽《さっそう》と歩き始める。慌てるハワードに対し、グリシャは平然とした表情でオスカーのあとに追随した。それをハワードが苦々しいと言いたげな様子で追いかける。

宮殿の廊下には誰もいなくなり、シンと静まり返ったのだった。

4

（…………）

天井を見上げながら響はぼんやりと昨日のことを考えていた。

主役ではないが、社会人になっての初舞台に、期待に胸を膨らませていた。

この日のためにどれだけ頑張ってきたことだろう。

自分のセリフだけではなく、登場人物すべてのセリフも覚えている。いつでも、どんな役でもできる。それくらい力が入っていた。

それなのに、舞台を歩いている最中、奈落に落ちるなんて。

（奈落の底が異世界だなんて笑い話にもならない。いや違う、笑い事じゃない）

身をよじり、カーテンを少し動かして外を眺める。もうすっかり日が昇っている。壁に置かれている置き時計が朝の八時を示している。響は、はあ、と大きなため息をついた。

昨夜は眠れなかった。

宮殿内を散策し、クリスハルトという王子だが子どもと出会って少し気持ちが紛れた。しかしながらベッドに入って起こったことを最初からトレースすると、また得体のしれない不安に駆られ、気が昂《たかぶ》ってとても眠れなかったのだ。

だから寝たのはようやく明け方近くで、目が覚めたのはいいがぼんやりしていて頭が判然としない。

（いつ自分の世界に戻れるかわからない。それまではここで暮らさないといけない。くよくよしている場合じゃないんだけど……でも、やっぱり……）

いつまでもベッドの中にはいられない。響は起き上がり、身支度を整えるためベッドから下りた。

クローゼットには複数の服がさげられている。ラフなシャツに長上着、黒っぽいズボンや長ブーツ。

とりあえず、ということだったが、今後は響の仕事に応じて希望するものを用意してくれるそうだ。

どれも似たような服なので適当に上下一着を取りだして着替え、顔を洗って支度を終えると、まるで見ていたかのようにノック音が聞こえた。

「はい」

「セフィー・クロスです。入ってもよろしいでしょうか」

「あ、はいっ。どうぞ」

セフィーが扉をあけて入ってきた。そして丁寧に頭を下げる。

「おはようございます。よく眠れましたか？」

「まぁ、はい」

「それはようございました。食堂でお見かけしなかったので、まだお休みかと思いまして」

言われて反射的に腹を押さえる。確かに空腹だ。

（そうだ。結局、昨夜はなにも食べなかったんだ）

ぐぅ、と小さく鳴った。

「陛下からの通達です。陛下同席のもとで、あなた様の世界についての説明をしてください。本日夕方です。私が呼びに参りますから、それまではご自由にお過ごしください」

「夕方ですね、わかりました」

「食堂の場所はわかりましたか？　もしまだ行かれていないなら、このままご案内しますが」

「すごく助かります」

響がそう答えた時だった。扉がノックされ、呼び声がする。響は返事をしながら扉をあけた。そこにいたのはダバディだった。

「おはようございます、シノノメ様。殿下の侍従のダバディ・バーモでございます。突然申し訳ございません。少しお時間を頂戴したく」

「時間？　それはいいですが、これから朝食なんです。終わってからでいいでしょうか」

するとダバディはポンと手を叩いた。

「それはちょうどようございます。実は殿下が朝食にシノノメ様の同席を望まれておりまして。であれば、ご一緒にお召し上がりいただけますか」

「僕なんかが王子様と一緒に食事していいんですか？」

「ぜひともお願い申し上げます」

それならば、と響は了解した。

セフィーが見送ってくれる中、ダバディに連れられてクリスハルトの部屋へと向かう。

昨夜、宮殿内をけっこう歩き回ったと思ったが、実は立ち入れないエリアがあることを知った。

というのも、ダバディが装飾柱の意匠に触れてドアノブを引っ張り出し、それを動かしながら押すと、壁が開いたのだ。

そんな感じでいくつかの隠し扉を進み、壮麗な廊下にたどり着いた。

「ここは王族の居住区です。我々は近道として隠し扉を利用しますが、本来なら衛兵が立つ正面入り口からになります。とは申せ、今後もシノノメ様にはお越しいただくことになると思いますので、のちほど、いくつかの出入り口を説明させていただきます」

「はい」

と、返事はしてみたものの、そこまでクリスハルトに気に入られたとも思えないのだが。

いくつか扉を越えると、ようやくダバディが立ち止まった。扉の両サイドに槍を持った衛兵が立っているのも気にせず、扉をノックする。

「シノノメ様をお連れいたしました。失礼いたします」

言葉と同時に扉が大きく開き、待ち構えていたメイドが一礼する。

ダバディは響に、どうぞ、と声をかけ、中へと案内した。それに追随《ついずい》すると、窓際の丸テーブルにクリスハルトが座っていて、響を見るなり顔をパッと明るくした。

「ヒビキ！　待ってた。一緒に食べよう。早く座って！」

言われてクリスハルトの正面に腰を下ろす。テーブルにはとても食べきれないボリュームの料理が並べられている。

サラダ、数種類のパンとソーセージ、焼いたベーコン、ハム、スクランブルエッグ、ゆで卵、オムレツ、フライドポテト、マッシュポテト、ハッシュドポテト。

さらにメイドが脇にワゴンを置いていて、そこには飲み物とスープがそれぞれ数種類ずつ用意されている。

あまりの多さに響は目を丸くした。

(まさか、これ全部、クリスが食べるわけないから、好きなのを好きなだけチョイスするってことか。プチバイキングって感じだな)

王子だから豪華なのはわかるし、気安く食堂に行けるわけもないから、こうなるのかもしれない。それでもこの量はすごいと思うし、もったいないと思ってしまう。

メイドはクリスハルトが指示するものをテキパキと取り分け、彼の前にある大皿に載せていく。

「シノノメ様、お好きなものをおっしゃってください」

「はい、えーっと、その緑色のスープはなんですか?」

「こちらはグリーンピースのポタージュです」

「隣の赤いのは?」

「こちらはビーツのスープです」

響にはビーツは珍しく感じられ、それをチョイスした。

「お飲み物はいかがいたしましょうか」

「今は水でいいです。食後にコーヒーをもらえるとうれしいです」

「かしこまりました。お食事はどれになさいますか」

「えと、僕は自分で取るので大丈夫です」

「さようでございますか。かしこまりました。御用がございましたら、なんなりとお申し付けくださいませ」

メイドは丁寧に頭を下げ、スープを用意して一歩下がった。

なんだか対応がすごすぎて慣れない。しかもこのメイドだけではなく、ダバディも近くにいるし、扉付近にもメイドが数名控《ひか》えている。

（素早い対応のためか、見張ってるのか、わからないレベル。しかも食べている様子をずっと見られているとなると。確かに逃げだしたくなるのもわかる気がする）

そんなことを考えながら響は手を合わせた。

「いただきます」

どれもおいしそうだ。なにから食べようか、やはりスープからかな、なんて迷っていると、クリスハルトが怪訝な顔をしてこちらを見ていることに気づいた。それからダバディも。二人だけではない。控えているメイドたちも、である。

「？　どうかした？」

「さっきの、なにかの儀式？」

「儀式？」

「手を合わせてなにか言った」

　いただきますのことだ。

「これは僕の国の習慣なんだ。ご飯を食べる前と、食べ終わった時にする。最初は『いただきます』と言って、ご飯が食べられることに感謝するんだ」

「……感謝？　誰に？」

「もちろん、これを作ってくれた人たちだよ。食材を作ってくれた人や獲ってくれた人たち、次に料理してくれた人たち。それから、無事に食事をいただける状態、自分の健康や平和なんかかな。これは具体的に、誰か、ではなく、んーそうだなぁ。神様仏様だったり、自然の摂理《せつり》だったり、なんというか、人知を超えた存在、かな」

「……食べ終わったら？」

「食べ終わったら『ご馳走様』って言って、おいしくいただけたことを感謝する」

　クリスハルトは首を傾げた。

「食べる時に感謝したのに、また感謝するのか？」

「そうだね。でもさ、感謝なんてどれだけしたっていいことだよ。たくさん感謝すること、できること、されること、どれもとってもいいことだから」

「……そうなの？　よくわからない」

「クリスは僕の国を知らないのだから仕方ないよ。僕の世界の中だって、国が違ったら、食事も言葉も宗教も生活も、ぜんぜん異なっているから」

クリスハルトは、ふーん、と言いながら、手に持っていたスプーンをテーブルに置いて手を合わせた。

「いただきます」

思わず、クリスはしなくてもいいのに、と言いかけ、響は踏みとどまった。せっかく彼も朝食を食べられることに感謝をしてくれたのだ。それを止めることはない。むしろ逆で、めいっぱい褒めてやるべきだ。

「ありがとう」

「？　どうしてヒビキが礼を言うんだ？　感謝はご飯に関わった者にするんだろ？」

「そうだね。だけど、クリスは僕の言葉を聞いて、自分もしようって思ってくれたんだもの。僕はうれしい。だから感謝したいって思ったんだ」

「……そっか」

クリスハルトの頬が少し赤くなったような気がする。

響はスープを口にした。

「わ、おいしい」

「当たり前だよ。うちのシェフたちはこの国で一番の料理人なんだ」

うんうん、と頷きながらパンを口に入れ、次にスクランブルエッグとウインナーを三本ほど取った。サラダもだ。

「どれもホントおいしいよ」

「朝ごはんでそんなに騒いでたら、夕ご飯はひっくり返りそうだ」

「食堂のご飯もこんなに豪華でおいしいの？　それはすごい」

するとクリスハルトは驚いたように目を見開き、違う！　と叫んだ。

「違うよ、ヒビキ！　ヒビキはこれからずっと僕とご飯を食べるんだ！」

「へ？　そうなの？　今朝だけじゃなく？」

「ずっとだよ！」

本当にそれでもいいのだろうか？　そんな気持ちでダバディを見ると、彼は困ったような顔をしている。

今朝はクリスハルトが騒ぐからやむなく連れてきたが、本当は得体の知れない異世界人に王子の相伴《しょうばん》をさせるなど嫌なのかもしれない。

「ありがとう、クリス。そう言ってもらえてうれしいよ。でも、僕は昨日異世界からここにやってきた。だからまだこの世界や国の決まり事とか習慣とか、特に王族への接し方とか礼儀作法とか、よく知らない。ちゃんと勉強するから、少し時間が欲しいな」

「勉強？」

「うん。大切なことはちゃんと学んでおかないといけないから」

話をしながら料理を口にするが、ひいき目なく本当においしい。将来のことを考えて高校からバイトをして貯金をしていた響なので、ずっと節約生活を続けてきた。だから朝からこんなに料理を並べられ、好きなだけ食べていいと言われるのは本当にうれしかった。

クリスハルトと話をしながらも、なんだか卑《いや》しいんじゃないかと我ながら思うくらいたくさん皿に取って食べている。

「勉強なんか大嫌いだ。ヒビキは好きなのか？」

「うーん、好きではないよ。でも嫌いとも言えないかな」

「好きでもないのに進んでするのか？　おかしくない？」

「そうかなぁ。勉強はしなくちゃいけないことだからさ」

クリスハルトがぷっと頬を膨らませた。目が、どうして？　と言っている。

「僕が考える勉強しなきゃいけない理由は、やらされるからやらないといけないもの、ではないと思うからだ。じゃあどうして大人は勉強させようとするのか、それはその子のためだろ？　でも全部必要かどうかなんてわからないし、ただ『君のためだから』って言われてもピンとこない。そう思わない？」

「思う」

「うん。こういうのは過ぎてみないとわからないんだよ。つまり、子どもの時は、なぜ、なのかいくら言われてもわからない。子ども時代が終わってみて、あーもっと勉強してりゃよかった、って思うんだ」

「………」

「でもね、僕は俳優になりたくて、あ、俳優ってのは、他人になりきってしゃべったり動いたりしてその人、つまり『役』を演じる職業のことなんだけど、役を演じるためにはいろいろ自分なりに調べる。するといろんなことを『知る』ことができる。その人自身もそうだし、その人と関わる人もそうだし、人間じゃなく物や歴史とか文化とかも。それで自分の中に『知識』が蓄えられることになる。これってすごく役に立つんだ」

「役に立つって？　どういうふうに？」

　クリスハルトの質問に響はまた、うん、と力強く頷いた。

「知っているということは、他人に騙されないことなんだよ。誰かに悪意をもって嘘をつかれても、見破ることができる。大事な人が間違ったことを信じていたら、それは間違ってるよって教えてあげられる。それに知らない人よりも断然有利だ。これって素晴らしい武器なんだよ。自分を守れるし、相手を責めることもできる。誰かを助けることもできる」

クリスハルトがぽかんとなって響の言葉を聞いている。だが、ゆっくりとだが、その目に輝きが生まれ始めている。

「知っていることは武器になる。じゃあ、その『知る』ってどうすれば手に入れられるかとなると、勉強することなんだよ。例えば歴史の勉強も、いつどこでなにが起こったか丸暗記するんじゃなく、こんな時代に、こんな国で、こんなことが起こったんだ、へーすごいなって考えたら、それだけで三つも『知る』ことができる。そういうものだと思うんだよね」

「…………」

「クリスはいずれこの国の一番偉い人になって、この国の人たちを守らないといけないだろ？　だから大人たちはクリスに勉強しろって言うんだよ」

「いろんなことを知っていると強いから？」

「そう！　嘘を言われても見破ることができて、人の言葉に惑わされず、ちゃんと理解できて、いろんな計画を立てられて、決断して、国民を守ることができるように」

　クリスハルトの目がキラキラ輝いている。嫌で嫌で仕方がなかった勉強が、響の言葉で違ったものに見えたのだろう。だが、だからといってすぐに考えを変えるのは恥ずかしいのか、口頭での同意はなかった。

「でも、もう一つあるんだ」

「もう一つ？」

「そう。少しでも知っていたら、人となめらかに会話することができる。たとえ初めて会った人でも、その人が言ったことを知っていたら話が弾むだろ？」

「言ったこと……」

「うん。僕とクリスは昨日初めて会ったでしょ。お互いにどんな人間か知らない。人柄も趣味も。でも、例えば僕が……」

　言いながら響はテーブルを見て、パンを一つ掴んだ。

「パン職人だったとしよう。クリスは食べるだけで作り方なんて知らない。だけど、こうやって二人で顔を合わせている。どうする？」

「どう……うーん」

「なにを話そうか困るよね。でももし、みんなから知識として作り方くらい知っておいたほうがいいと言われて、レシピ本を読んだとする。そこには材料とか、パンの種類とかいろいろ書かれていて、ちょっとだけどパンがどんなものか知っていたとする」

　クリスハルトは、あっと口を開いた。

「パンの本を読んだことがあるって言える」

「そうだよね。実際に作ったことはなくても、作り方は知ってる。たったそれだけでも会話の糸口になるよね。王子様であるクリスから、作り方を知ってると言われたら、パン職人は喜ぶよ。そして会話を弾ませることができる。そうしたら仲よくなれる。だから勉強して物を知っているって大事なことなんだよ」

　響の言葉にクリスハルトは、うんうん、と何度も頷いた。響は響で、自分の話がクリスハルトに通じ、理解してくれていることに大きな満足感を得た。

「わかった。これからは嫌いだからって逃げないで、ちゃんと勉強する」

「うん、とってもいいことだ」

「ねえ、ヒビキ、さっき俳優って言ってたよね。俳優ってなに？」

「演技する人のことだよ」

「演技？」

「うん。んー、言葉で説明してもわかりにくいよね。ちょっとやってみるから。食事の最中に立つのは行儀悪いけど、今だけ許してね」

言いつつ立ち上がる。クリスハルトの横に移動し、背筋をのばした。

「演じるのは父親を待っている女の子の役です。仕事で留守がちな父親がもうすぐ帰ってくる、そして帰ってきた、という状況です」

説明して大きく息を吸った。

スッと両手をのばす。その手にはなにかを持っているように握りしめられている。響の顔は上向きで、手に持っているものを見ているという仕草だ。

「お父様からのお手紙、もうすぐ帰るって書いてある。うれしい！」

今度は胸にもってきて押しつける。ぎゅっと目を閉じている様子から、父親の帰宅がうれしくて仕方がない、という気持ちが伝わってくる。

それからパッと目をあけた。

「馬車の音だわ！　もう戻られた！」

慌てて駆けだし、なにかを掴んで身を乗りだす。そのなにかが窓の桟《さん》だというのが手の動きでわかった。しかも掴んでいる手がピクリとも動かないどころか、前のめりになるほど指はその位置で手首だけが動くといったものだ。

クリスハルトもダバディたちも、驚いて目を大きく丸く見開いている。

「おとーさまぁーー！」

左手はそのままに体はさらに前のめり、右腕を大きくのばして手を振った。

次にパッと身を翻し、駆けだす。右手がドアノブを掴んで扉をあける仕草をして、響の体が廊下に飛びだすのがわかった。

少し駆け、階段を下りて飛び上がるように抱き着いた。

「お父様、おかえりなさい！」

父の胸に顔を預け、甘えるようにして笑う。それから離れてなにかを持った。

「お土産があるの？　うれしい！　ありがとう、お父様！　私、大切にするから」

その土産を両手で持って掲げ、くるくると回った。身軽い様子から、スカートの裾が舞う様子が見えるようだ。

それから響は手を下ろし、体をクリスハルトのほうに向けた。

「と、こんな感じで、自分ではない人物になりきって演技をするんだ」

クリスハルトの目は丸くなったままで、ずいぶん驚いている様子だ。だが我に返ると、パチパチパチと拍手した。

「すごい！　ヒビキが女の子に見えた」

「ホント？　それはうれしいな。役者にとって観客が役柄に没頭《ぼっとう》してくれることは最大級に喜ばしい誉め言葉だからね」

「ダバディもそう思ったよね!?」

「はい。とても愛くるしいお嬢様のご様子で、大変興味深く拝見させていただきました」

ダバディも拍手をして褒めてくれる。ダバディだけではなく、傍にいるメイドも控えめながら小さく手を打ってくれている。響はなんだかくすぐったくて照れくさくなったけれど、演技を褒めてもらえて極上の心地だった。

「そういうわけでクリス、勉強、やってくれるかな」

「うん。たくさん知っている国王になるために勉強する!」

それを聞いてダバディが目を潤ませて喜んでいる。食事係のメイドも、出入り口付近に控えているメイドも同じだ。よほど手を焼いていたとみえる。

それではそろそろ、そう言おうとしたら別の場所からも拍手が起こり、響は驚いて振り返った。

「父上!」

クリスハルトの言葉通り、国王——オスカー・ヴィルヘルド・ヘンドリックが立っていた。響が使った出入り口の扉が動いた記憶はないので、おそらく隠し扉から入ってきたのだろう。

ちなみにオスカーの後方には、従者のグリシャと護衛士のディルクが控えている。

「先の戦闘シーンといい、今の女の子といい、とても興味深い。演劇とはなかなか面白そうな代物《しろもの》だ」

「国王陛下……そう言っていただけて光栄です」

改めて見ても凛々しく優雅だ。ただ立っているだけなのに魅了される。

姿勢はとても大事だ。俳優やモデルも立つところから始まる。どれほど顔がよくても、演技やポーズを練習しても、立ち姿が美しくなければ台無しになってしまう。響も子どもの時から鍛えられた。

壁にぴったりと体をつけるのだ。離れていいのは、首と腰だけ。それも緩く握った拳一つ分だ。それ以外は全部、膝の裏まで壁についていないといけない。力の限り全身を壁に押しつけながら、頭から糸で吊されているように背筋をのばすのだ。

これがきつい。一分がとてつもなく長い。それを五分くらい平気で立っていられるようにならなければいけない。終わった時は汗だくになった。本当に、ただ立っているだけなのに。だが、これをマスターすると、姿勢がよくなって本当に美しい立ち姿になるのだ。

実際、背筋がのびて、二、三センチくらい身長が高くなったというモデルを何人も知っている。

オスカーの立ち姿は理想に近い。おそらく幼い時から見られることも含め、立ち居振る舞いを厳しく躾けられてきたのだろう。しかも腰には長剣がさげられているので、騎士としての訓練もだ。剣技も姿勢が大切だ。

響はただただ見惚れた。

「クリスハルト、勉強を頑張ったらヒビキにまた演技を見せてもらってはどうだ？　楽しみがあるとお前も頑張れるだろう？」

響が、え？　とこぼしているのも気にせず、オスカーは、どうだ？　と尋ねている。クリスハルトは顔を嬉々と輝かせ、大きく頷いた。

「頑張れます！」

「ヒビキ、そういうわけなので、よろしく頼む」

オスカーにいきなり『ヒビキ』と呼ばれて緊張で心臓がバクバクしている。口から飛びだしてきそうだ。それを必死で押しとどめているので、言葉が出てこなかった。

「どうかしたか？」

「いえ、なんでもありません。わかりました」

「その時は私も混ぜてもらいたい」

じっと目を見て言われ、響は言葉に詰まり、それから慌てて頭を下げた。

「本当に、えと、光栄です！」

「そんなに畏まることはない。豊かな技術を持つ者が宮殿内にいることは私としても喜ばしい。さて、クリスハルトを説教しに来たのだが、勉強に精を出すということなのでやめておこうか」

「ええーー、父上、どうして怒られないといけないのですか!?」

「昨夜、部屋を抜けだして逃げ回ったのだろう?」

「あ!」

「舞踏会が開かれるから警備がそちらに集中する。部屋から出るなと言ったはずだが」

「……ごめんなさい」

「反省しているならいい。気をつけよ。お前に意地悪をするつもりで言いつけたのではない。万が一、賊が侵入し、お前になにかあっては大変なことになる。すべては自覚の問題だ」

「はい。気をつけます」

しゅんとなって謝るクリスハルトがなんともかわいい。落ち込んでいる本人には申し訳ないことだが。

「クリスハルトはこれから勉強なので我々は下がろう」

オスカーに促されて部屋を出る。響は礼をして立ち去ろうとしたが、それを止められた。

「話がある。呼びに行かせたらここにいると言われたので出向いたんだ」

「クリス、じゃない、王子様に用事ではなかったのですか？」

「ああ言わないと貴殿を横取りしたと言われそうだからな。いや、昨夜のことは注意せねばならないことだから、まったくの口実でもない。とにかく私の部屋に来てもらいたい。それともなにか予定でもあるのだろうか」

　オスカーの部屋と言われ、心臓がドキリと跳ねた。

「とんでもないです。予定なんてありません。行きます」

　オスカーに伴われて彼の部屋へ赴く。クリスハルトの部屋もなかなか豪華だったが、オスカーの部屋はなるほど国王の私室ということで目を瞠るばかりだ。とはいえ、ただ絢爛《けんらん》豪華というものでもなく、落ち着きのある色合いに統一されている。

　廻り縁などの飾りは銀と青で、重厚な絨毯やカーテン、ソファなどは深い藍色を基調とした色柄だ。壁に大きな地図が張られている。おそらくここ、グロスフルグ王国だろう。

　オスカーはテラス窓を開き、バルコニーに案内した。そこにはアールデコ調のような細かく入り組んだ模様で作られたテーブルセットがあり、ティーカップが三脚置かれていた。

　オスカーが腰を下ろすのを見届けると、グリシャが響の椅子を引いてくれたので、軽く会釈をしてから座った。グリシャも隣に座る。ディルクは外からの侵入者に備えてか、手摺りの近くに姿勢よく立った。

メイドがやってきて紅茶を淹れてくれる。そのメイドが下がったところでオスカーが話し始めた。

「実はクリスハルトが、勉強が大嫌いだと言ったあたりから聞いていた。盗み聞きをするつもりはなかったんだが、異なる世界で生きてきた貴殿が、あのわがままに対し、どういうふうに答えるのか興味があった」

「興味……」

「考え方の違いというか、我々が思いつかないような事というか。視点が変われば考え方も変わるだろう？　参考になるような話が飛びだすのではないかと思って隠れていた」

響は目をぱちくりさせた。それを見てオスカーがうっすらと笑みを浮かべる。

「なぜ勉強をしなければいけないのか。知ることが盾となり剣となって自らを守る。素晴らしい発想だと思う。だが、確かにそうだ。知らなければ信じてしまい、騙される。勉強をすることの意義をそんなふうに捉え、嫌がる子どもにわかりやすく説明できるとは、まったく感服してしまう」

「そんな……恥ずかしいので勘弁してください。僕は、本当は、人に言える立場じゃないんです」

「ん？」

「僕こそがダメダメな人間で、自分のダメさに向けて言っているんです。ただ、六歳の時に劇団に入って、そこにずっといたので長くて、年長になっていくと下の子どもたちの面倒を見る立場になるから、世話をしてきたんです。だからなんだかわかったような、偉そうなことを言ってしまうんです。真逆な人間だと思ってほしいです」

否定する響に向け、オスカーがかぶりを振った。

「わかりやすく説明し、相手を納得させることは重要な事柄だ。ここに呼んだのは、折り入って頼みがあるからだ」

「頼み!?」

「クリスハルトの世話役になってほしい」

響は目を丸くし、それから何度かパチパチと瞬いた。

「世話役、僕がですか？　王子様の？」

「わがままっぷりがひどくて、ダバディも手を焼いている。もういい年だから本当はもっとのんびりさせてやりたいのだが、如何せんクリスハルトがあの調子で苦労のかけっぱなしだ。そのクリスハルトは貴殿にずいぶん心を許している。昨夜会ったばかりだというのに信じられない。なにか思うところがあるのだろう。協力してもらえたら大助かりなのだが」

　オスカーはグイッと身を乗りだして強い圧で一気に言い募った。

「そんなっ、買い被りすぎです。目新しくて珍しくて、ちょっと興味を持ったくらいだと思います」

「いや、そんなことはない。私はクリスハルトの父親だ。あの子の性格や日頃の言動は知っている。まぁ、多忙であまりかまってやれないが、その分、周囲からの報告はしっかり聞いている。私は貴殿に舞台俳優としてこの宮殿に留まることを許可した。そこにクリスハルトの面倒を見る、というのを加えさせてほしい」

　涼やかな目元、力のあるまなざし。じっと見つめられてときめいてしまう。響は顔が熱くなり、ドクドクと血流が音を立てて全身を駆け巡っていくのを感じて焦った。

（そんなに見つめられたら心臓が破裂してしまうっ）

　息が止まってしまいそうだ。オスカーは結婚していて子どもがいるのだから、響が男を好む性的指向者だと知ったら嫌われるかもしれない。

（止まれ、心臓！）

　焦りまくっている響の気持ちなど露《つゆ》も知らないオスカーは、難色《なんしょく》を示しているとでも思ったのだろうか。さらに一段身を乗りだした。そして、

「！」

あろうことか、テーブルの上に載せている響の手を上から覆うように自分の手を被せ、グイッと強く握りしめてきた。

「もちろん、貴殿にすべてを押しつけるのではない。あくまでダバディの補佐として、クリスハルトの傍にいてやってもらいたい」

「………」

意識は言われている内容よりも手に集中してしまって、どうにもできない。響はあわあわと慌てながら、掴まれている手を動かした。

「あ、すまない。つい力が入ってしまって」

オスカーがパッと手を離した。響は掴まれていた右手を握り拳にして胸の前にもってきて、左手で覆った。自分でも顔が真っ赤になっているだろうことはわかった。全身熱いが、特に顔は爆発しそうだ。

「えと、えーっと」

混乱しながら言葉を探す。劇団内で子役たちの面倒をずっと見てきた響としては、子守りは苦ではない。しかしながら王子などという高位の立場にいる者の世話などとてもできそうにないのだが。

（つい叱りつけたりとかして不敬だって処罰されたら……ん？　待てよ。もうとっくに叱ってしまっているんだけど）

改めて思い起こし、たらーんと冷や汗が流れる。

「嫌かな」

「嫌だなんて……ですが、僕のような子守りの専門家でもなく、この国のことも知らないし、えーっと、身分や出自《しゅつじ》のよくない者が、王子様の傍にいていいものなのでしょうか」

「私が頼んでいるのだから、誰も文句は言わない。もしこの件で貴殿に不満をぶつけたり嫌がらせをしてくる者がいたら厳しく罰する。専門性の問題で子守りに気後れするということなら、話し相手とか、友人などでもいいから」

その時、中年の男が現れ、オスカーの横に立った。

「ハワード、今は」

「火急の知らせでございます」

ハワード・マイゼンは難しい顔をしてオスカーの耳元になにかを囁いた。途端にオスカーは口元を引きしめた。そして立ち上がる。

「シノノメ殿、少し待っていてくれ」

「わかりました」

そう答えるものの、呼び方が『ヒビキ』から『シノノメ殿』に変わってしまって残念な気持ちになってしまう。もちろん、それを口にすることはできないが。

「ディルク、グリシャ、お前たちはここにいろ。すぐに戻るから同行は不要だ」

「ですが」

ディルクが反論しようとするが、手で制する。

「かしこまりました」

ディルクは不服そうだが、そう答えた。

二人が礼をする中、オスカーはハワードと一緒にバルコニーから部屋に戻り、さらには部屋からも出て行ってしまった。

戸惑いを瞳に宿しながらオスカーが歩いていった場所を見ていると、コツコツと足音がして響の真横で止まった。顔を上げると、ディルクが冷たいまなざしで響を見下ろしている。

「新参者が陛下や殿下に気に入られたということで、妙に幅を利かせるのはいただけない。気をつけたほうがいい」

「え……」

「陛下に気に入られようと考えている者たちは老若男女、身分の高低にかかわらず多い。

昨日いきなり現れた異世界人なる正体不明の存在が陛下に気に入られるなど、我慢できない者も多かろう。そのように心がけたほうがよい、そう言っている」

威圧的な口調に返す言葉がない。響は鋭いまなざしに息をのんだ。

「およしなさい。気の毒だろう」

「ザイゼル殿」

「彼とて好きでここに来たのではない。むしろ一日でも早く自分の世界に帰りたいのだよ？　そんな言われようは不本意だろう。なぁ、シノノメ殿」

「不本意、とは、えーっと。ですが、おっしゃるように自分の世界に帰りたいです。陛下に気に入られようなんておこがましいですし、いずれいなくなるんですから、無用の願望です」

「それはどうかな」

ディルクの返事に響とグリシャは目を瞬いた。

「どうかな、とはどういう意味です？」

返したのはグリシャだ。

「我が国に異世界人が現れたのは、記録上初めてのことだ。どうすれば元の世界に戻ることができるのかなど、まったくわからない。もしかしたら戻る方法はないかもしれないし、ずいぶん先の話かもしれない。その間、陛下の寵愛を得ているかそうでないかの差は大きい」

「……なるほど」

「だからこそ、身の程をわきまえよ、と言っている」

響はなにか言わないといけないと思いながらも、二人のやり取りに入っていくことができず、ただ見ているだけだ。

(ディルクさんの言っていることは正しい。陛下に任せていたらいいって勝手に安心して帰れる気でいたけど、もしかしたらこの国に骨をうずめることになるかもしれないんだ。それはそうかもしれない。でも、なんか……この二人、怖いんだけど)

どう見ても、睨みあっている。二人ともオスカーの従者だ。グリシャは身分こそ侯爵の名代という高位の貴族だが、オスカーには文官として仕えているのだろうと思う。対してディルクはオスカーの身を守る武官として仕えている。それぞれ役割は異なる。だが、なんだか互いの圧が強くて、まるで敵対しているような印象だ。

グリシャがディルクの睨みを振りきるように、顔を響に向けて微笑んだ。

「陛下が殿下に甘いのは仕方がありません。寂しい思いをさせてしまったという気持ちがお強いものですから。しかしながら陛下は大変冷静な方です。そうだからといって、誤ったことはなさいません。シノノメ殿を殿下のご友人として望まれているのですから、堂々となさればよいのです」

「……は、い」

「あなたの演技、つまり仕事は大変興味深い。才能と技術で仕事を手に入れたと思えばいいのですし、実際にそうなのですから」

「ありがとうございます」

足音がして、オスカーが戻ってきた。なんだか難しい顔をしている。整った精悍《せいかん》な顔をしているので、不機嫌そうな表情でもずいぶん迫力がある。そしてまたその迫力が響の心臓を高鳴らせた。

「どうかなさいましたか？」

尋ねたのはグリシャだ。ディルクはいつの間にか、さっきまでいた手摺りの近くに戻っている。

「………………」

「よくない報《しら》せでも？」

オスカーは鋭い目でグリシャを睨むように見ているが、ふと表情を崩して口角を上げた。

「そうだ」

答えつつ椅子に腰かける。メイドがカップを交換しようとするのを手で制して、飲み残していた紅茶を飲み干した。

「公爵夫人からの追報だ」

「それは依願していた殿下への、祝辞のメッセージカードの返事でしょうか」

「ああ。断られた」

グリシャはクッと顎を下げて息を止め、それから大きな吐息をついた。

「さようで……殿下にはまったくもってお気の毒なことです。息子の晴れの日なのですから、祝辞くらい寄越してもよいと思うのですが」

「まったくだ」

「公爵夫人の気が知れません。なにをそこまで頑《かたく》なに拒まれるのでしょうか」

「……中途半端に情をかけるのはよくないと考えているのかもな。わずかなりとも期待するな、と」

「なるほど」

会話の内容が見えない。響は会話に割り込みこそしなかったが、目にいろいろな疑問を浮かべている。

（クリスのお母さんが公爵夫人？　王妃様だろ？　あ、連絡を寄越してきたのが公爵夫人で、その内容が王妃様の返事ということかな。ん？　王妃様からの連絡が手紙？　この宮殿にはいないってこと？　どこか別のお城にいるとか？）

そこまで考えるが、グリシャの言ったことに改めて気づく。

（いや、グリシャさん、公爵夫人の気が知れない、と言った。クリスのお母さんは王妃ではなく、公爵夫人なのか。それでこの宮殿にはいないって……まさか、離婚してる？）

なんだかいろいろ考えてグルグルしてしまう。

「シノノメ殿を殿下の子守りにしたいとお思いになる陛下の気持ちもわかります。母君との交流を実現できなかったせめてもの償《つぐな》いに、と」

「そう言われるとつらいが、まさしく」

二人が響に顔を向けた。

「え、え……あの」

「すまない。貴殿の意見を聞かず、こちらの都合で話を進めてしまって。だが、クリスハルトが寂しさを紛らわせるためにわがまま放題なのはわかっているのだが、来月五歳の誕生日を迎える。そうなると正式に皇太子として認められ、本格的な後継者教育が始まる。だから、つい、甘やかしてしまって」

目を丸くしている響にオスカーは苦しげに笑った。

「クリスハルトの母親は隣国セルフィオス王国の王女なのだが、一歳の誕生祭を終えると祖国に帰ってしまった」

「子どもを置いて帰国したんですか？」

「自分の責務は終わったと言って。協議離婚し、彼女は現在、祖国で降嫁《こうか》し、アルバール公爵夫人となっている。それを知ってクリスハルトは、自分は母親に捨てられたのだと考えていてな」

「それは、そう思いますよね」

「私たちが夫婦としてうまくやっていけなかっただけだ。だから不憫《ふびん》に思ってしまって、ダバディたちには申し訳ないと思いつつも、ついわがままを大目に見てしまう。クリスハルトが貴殿に興味を持ち、朝食に呼んだり、貴殿の言葉で勉強に前向きになったり、貴殿のことをこんなに気に入っているのなら、希望をかなえてやりたいんだ」

いろいろ合点が入った。それならば、と思うのだが。

（視線が痛い、かも）

後方に立っているディルクの視線の圧がすごくて、背を向けていても鋭く睨まれているのが手に取るようにわかる。

「嫌かな」

「とんでもないです。そのような事情があるのなら、僕なんかでよければいくらでも協力します」

オスカーの精悍な顔がパッと明るくなった。

（あ、似てる）

クリスハルトが喜んで笑う顔に似ていると思う。さすが親子だ。

「僕は自分の世界に戻ることを願っています。そのためには陛下のお力をお借りする以外に手段がありません。お手間をかけるんです。ですが、クリスの世話の手伝いをするくらいお安い御用です。というか、言われることはなんでもします」

「そうか！　ありがとう。これで少しはクリスハルトに報いてやれる。よしっ」

オスカーは右手を胸の前で小さく振って、ガッツポーズをした。

凛々しいばかりのオスカーに、響はなんだかかわいらしい一面を見た気がした。

申し訳なさが勝《まさ》って息子に強く出られないダメ父みたいにも思えるが、それはそれでほのぼのしていていい感じだ。それに国王として威風堂々とした凛々しい姿からは、ギャップ萌《も》えしてしまう。

「では、さっそく部屋をこちらに移そう。私の隣の部屋が空いている」

「ええっ！　陛下、それはいかがなものでしょうか」

グリシャが慌てて止めた。響はその様子に驚き、後方のディルクの反応も確認してみたが、彼も目を大きく見開いている。

「いいじゃないか、空いているんだから」

「いや、それは……ディルク、あなたからも言ってくださいよ」

援護を求めるグリシャに、ディルクは肩をすくめるだけで口は閉じたままだ。

「ディルク」

「陛下がお決めなさることです」

「ディルク！」

響はグリシャがむきになるのがわからず、首を傾げた。一方、そのグリシャはディルクがどうあっても自分に同意してくれないと理解すると、ため息交じりに、仕方ないですね、と言いながら顔を背けた。が、響はその瞬間、グリシャの顔が怒りのためにひどく歪んでいるのを見てしまった。

(そんなに怒ること？　それとも内容ではなく、ディルクさんが同意してくれなかったから？　さっきもなんだか雰囲気怖かったけど、この二人、仲悪い？)

互いに役どころは違えど国王の側近。競争心とか、権力云々でいがみあっているのかもしれない。

（気をつけよう）

響は心底そう思った。中学の時、劇団内で覇権争いがあり、どちらにつくかで役どころがまったく違ってしまうことがあったのだ。その時は子どもながらに苦労したものだ。それが国王を取り巻く側近たちの権力争いであれば、命や将来に関わるのだから、劇団内の時とは比べ物にならないだろう。

「私も休憩時にシノノメ殿の演技を見たいと思っている。隣の部屋にいてくれたら呼びやすい。ああ、そうだ、私の隣はクリスハルトの部屋にしよう。それならばグリシャが反対する理由も解決だ」

「陛下がお決めなさることに反対など恐れ多いことです」

「そうか。ならば決定だ。ハワード、いるか」

「こちらに」

ハワードがささっと歩み寄り、胸に拳をやって頭を下げる。

「すぐに手配せよ」

「かしこまりました」

ハワードは一段深く礼をして機敏に去って行った。入れ替わるように、若い制服姿の男が歩み寄り、片膝をつく。

「陛下、そろそろ会議が始まります」

「そうか。わかった」

オスカーは立ち上がるとその場にいる者たちを見渡した。

「シノノメ殿、そなたは隣の部屋でくつろぐがいい。ディルク、すまないがお前は留まり、シノノメ殿に諸々説明をしてやってくれ」

「……俺がですか？」

「ああ。会議室での護衛は他の者でもできるが、グリシャの代わりはおらんからな」

「かしこまりました」

「グリシャ、参るぞ」

「はい」

ついさっき不服そうに顔を歪ませたというのに、オスカーに褒められて緩んでいる。さらに勝ち誇ったようなまなざしをディルクに向けてから、オスカーに追随して部屋から去っていった。

（やっぱり、二人はいがみあっているのか）

ならばオスカーのあの言い様では、グリシャに分があるように思える。

「まったく」

頭上から苛立った声が降ってきた。確認するまでもなく、ディルクのものだ。そして尋ねるまでもなく、自分に向けられたものだと察して、響は罪悪感のようなものを抱いた。

「陛下にも困ったものだ。シノノメ殿、ついてきてもらおうか」

「はいっ」

ディルクに言われて慌てて立ち上がり、追随する。

隣の部屋と言われ、そう認識はしていたが、廊下に出ずにこの部屋内にある扉から移動することに驚き、そして目を瞠った。

「え、これ……隣の部屋って」

部屋の装飾がどう見ても女性的である。なるほど国王の隣の部屋は王妃の部屋であり、グリシャが反対したことに今更ながらに納得した。

「今頃気づいたのか？　鈍いな」

いきなり悪態《あくたい》をつかれてびっくりする。ディルクはさっきまでとは打って変わって、ニマニマと笑いながら窓際のソファに歩いて行き、そしてドカリと座り込んだ。響も彼に合わせ、正面のソファに座る。

「お前だけなら問題だろうが、殿下も移られるなら、まぁ、許容の範囲内ということには、なるわけがない。この部屋は代々この国の王妃が使ってきた『王妃の間』だ。そこを男が使うということがどういうことなのか、わかるか？」

「………」

「とはいえ仕方がない。国王が決めて命じた以上、いかにこの部屋は王妃が使うべきであっても、周囲がとやかく言うことではない。それに賛成する者もいるだろうから、今後が楽しみだ」

「楽しみ？」

「ああ。特に、グリシャがな」

やはりこの二人は仲が悪いと考えるのが正解のようだ。

「お前、陛下と殿下の双方のお気に入りとして、この宮殿内ではすっかり名を馳《は》せている。気をつけろよ」

「気をつける……」

「宮殿など魑魅魍魎《ちみもうりょう》の巣窟《そうくつ》だ。俺のように陛下の幼なじみで剣豪《けんごう》なら、向かってくるヤツなどいないが、新参者でなよっぽかったら途端にいじめの対象だ。ここのやつらは陰湿だからな」

「ディルクさんは陛下の幼なじみなんですか？」

ディルクは、おっと、と言って苦笑した。

「いらんことまで言ってしまった。職務においてそれは影響しないんだが、無能ほど妬《や》くんでな。ダバディと懇意にしろ。それが今のお前ができるもっとも安全な策だ」

「ダバディさん、ですか。殿下の躾係《しつけがかり》だからですか？」

「それもあるが、もともとは前王の側近で、陛下の躾係でもあった。小柄で頼りなく見えるが、なかなかの情報通だ。頭が上がらない者が多い」

それは弱みを握られている、ということだろうか。

「アドバイス、ありがとうございます。さっきまですごく睨まれていたから、あなたには嫌われていると思っていました」

「嫌う？　なにを子どもじみたことを。下らんな。胡散《うさん》臭いと思って警戒しているだけだ。それに睨んだ覚えはない。俺は陛下専属の身辺護衛士として、陛下に危害を加える者を排除するだけだ」

ディルクは両手を頭の後ろにやり、足を組んでくつろいでいる。誰もいないからだろうか。響はさり気なく部屋を見渡した。部屋の装飾の豪華さはもちろんのこと、飾られている絵画や置物なども女性が好みそうなものばかりだ。

こんな部屋を響が使うというのは、確かに身の程知らずにもほどがあるだろう。嫉妬だけではなく、純粋に不届き者だと嫌悪する者だっているだろう。

(確かに、気をつけないといけないかもしれない)

魑魅魍魎というディルクの言葉が脳内でグルグルする。こんな世界に自分が身を置くことになろうとは。

(早く帰りたい)

はあ、と吐息をついた時、扉が開いた。

「ヒビキ！」

クリスハルトが満面の笑みで駆け込んできた。それを見て、ディルクがさっと立ち上がったので響も急いで真似《まね》る。

クリスハルトは両腕を上げて駆け寄り、響の足に抱きついた。

「ハワードから聞いた！　今日からこの部屋でヒビキと過ごすことになったって！　ヒビキのおかげで父上とも一緒にいられる時間が増える。ありがとう！」

「いや、そんな。僕は特になにもしていなくて……。それより、クリスは勉強終わったの？」

「半分終わった。少し休んでから残りをするんだ」

「そっか」

「ヒビキの演技、父上もいっぱい見たいからだってハワードが言っていた。だからヒビキのおかげだよ。それにヒビキが傍にいたら、グリシャのヤツが父上に媚《こび》を売るのも減るだろうし」

「……媚を売るって」

「父上に気に入られたら、偉そうにできるからね！」

こんな子どもが、そんなことを事も無げに言うとは。

（世界が違いすぎて頭がついていかない）

そもそも今更の話だが、クリスハルトの言葉遣いは大人顔負けのものだ。もうすぐ五歳だと言っていたが、そんな子どもが媚を売るなどという難しい言葉を使うことに驚かされる。それは彼が王子だから、いろいろと言われているのだろう。

（勉強が嫌だと言いたくなる気持ち、わからなくもないかも。子どもなんだから、めいっぱい遊んでほしいな）

瞳を輝かせ、笑顔を向けてくれるクリスハルトを見ていたら、さっき抱いた『早く帰りたい』という後ろ向きな気持ちはいつの間にか消え去っていた。

とはいえ、同時に、どうしてクリスハルトがこんなにも響を慕ってくれるのか不思議に思う。彼とは昨日出会い、一時間ばかり宮殿内を散策しただけなのに。

クリスハルトが跳ねるようにしてソファに座った。正面に立っているディルクに初めて気づいたような顔をした。

「お前、父上の傍にいなくていいのか？」

「シノノメ殿の護衛を命じられまして」

「そっか。ならいい」

なんだがずいぶん塩対応なのだが。

響がなんとも言えない顔をしているので、クリスハルトは首を傾げた。

「どうかした？」

「え……いや」

なんでもない、と続けそうになってやめた。

「ディルクさんに冷たくない？　って思って」

「冷たい？」

「うん。素っ気ないというか」

これにはクリスハルトだけではなく、ディルク自身もきょとんとなった。

「ディルクは父上の護衛士だよ？　部下なのに丁寧にするのは変だよ」

「……そっか」

「それにディルクは……おしゃべり、好きじゃないから」

「そうなの？」

ディルクを見ながら聞くと、なんだか困ったような顔をしている。職務で口を開かないことを、寡黙《かもく》と勘違いしているようだ。

「うん。いつもムスっと怖い顔してるから」

今度は明らかに苦笑していて、響と目が合うとスッと逸らしてしまった。

「なるほど。わかったよ。僕はこの世界のこととか、宮殿内のこととか、まったくわからないから、変なことを聞くかもしれないけど、しっかり勉強して覚えるから最初は許してね」

「僕が教えてやるから平気だよ」

自信満々に言うクリスハルトは、またぴょんと跳ねるようにソファから降りた。

「後半が始まる。行ってくる。終わったら、ヒビキ、また演技を見せて」

「いいよ。僕も練習しておく」

「うん！　行ってくる！」

パタパタと走っていく。その先にはダバディが立っていて、クリスハルトが到着すると導くように部屋から出て行った。

「殿下にはいい影響だ。だが」

「自惚れてはいけない、でしょ。わかってます」

すかさず答えると、ディルクは目を眇《すが》めた。

5

窓からは三日月が覗いている。白く細く輝く様子は深窓の令嬢のごとく清楚《せいそ》で儚《はかな》い印象を受ける。

オスカーはディルクではない護衛士をそこに置いて寝室に移動すると、グリシャがさっそく棚に歩み寄り、中からブランデーと二脚のグラスを取りだして注いだ。そして大きなベッド脇に設置されている丸テーブルに置くと、椅子に腰を下ろした。

「オスカー様、やはりどう考えても、あのような得体の知れぬ者を、お傍に置くのはどうかと思います」

眉間に深い皺を刻みながら告げる。オスカーは立ったままグラスを手に取り、グリシャの視線を背に受けつつ窓辺に歩み寄った。

「目新しくていいじゃないか」

「オスカー様が新しい物好きとは存じませんでした」

「そうか？」

「そうです」

テラス窓にはグリシャの姿が映っている。オスカーは一瞥すると、視線を三日月に向けた。

「このグリシャ、オスカー様のことはすべて存じ上げていると自負しておりますので」

「では付け加えておけ。あの異世界人はなかなか興味深い。舞台俳優なる技術を堪能したいゆえ、あれに仕事をさせている間は何人も邪魔せぬように、とな」

オスカーはそう言うと、くるりと反転してグリシャのほうに向き、にこりと笑った。

「演劇なるものを我が国でも行えるようにしようかと考えている」

「え……オスカー様、本気ですか？」

「もちろんだ。人々が熱狂できるものがあるというのは大きい。俳優なるもの以外にも多くの専門家が必要になるとのことだから、仕事を増やすのにも一役買ってくれる。公共事業に打ってつけだと考えている」

ですが、とグリシャは否定的だ。オスカーは気にせず続けた。

「ヒビキを元の世界に戻す方法を探さねばならない。だが、見つからなかった場合、人ひとりの人生ほど時間がかかることも含め、彼がこの世界、いや、この宮殿で生きていくための手段も探してやらねばならないだろう。となると、舞台俳優なる仕事に専念できることが最善だが、それを生み出すための土台作りに本人自ら携われば、忙しくていいじゃないか」

グリシャの目に明らかな怒りが浮かんだ。だが自らも己の気持ちに気づいたのか、さり気なく顔を逸らした。

「演劇なるものを公共事業にして広めれば、国民に仕事と娯楽を与えることができる。一挙両得、一石二鳥だと考える。ああ、グリシャ、お前は忙しい身だ。演劇に関しては別の者をつけるから心配することはない」

グリシャはなにか言いたげに口を開きかけたが、すぐに閉じた。

「反対か？」

「……私がオスカー様のご提案に反対などするはずがございません。ご存じのはずです」

「不服そうに見えたものでな」

「それは、昨日突然現れた得体の知れぬ者を、国王ともあろうお方が気安く名で呼ばれたからですよ。それだけではございません。どさくさ紛れに、シノノメ殿の手を握っておられた。そんな者を、王妃の間に住まわせるなど」

グリシャは不満そうに視線を逸らせた。

「クリスハルトが一緒だ。特別なにかをする気はない」

「それだって」

「ん？」

グリシャは言ってからハッと我に返ったように口を噤んだ。

「妬いたか？」

問われてグリシャがニマリと微笑む。

「意地悪なことを」

グリシャの口から、ふふふっ、と小さな笑いがもれた。それは夜の時間にはあまりにも意味深な艶やかさで、色のある笑い声だった。

「ところで話は変わるが、今日の会議は退屈だった。居眠りをしかけた」

「オスカー様がですか？　それは大変に珍しい」

「私もそう思う。疲れているとはまったく感じないんだが」

「ご自分で考えておられる以上にお疲れなのかもしれませんね。早くお休みになったほうがよろしいでしょう。私はこれで失礼いたします」

「そうか。ご苦労だった」

「おやすみなさいませ」

丁寧に頭を下げ、グリシャはオスカーの寝室から退散していった。去り際、残念そうな表情をしていたが、オスカーは無言で見送り、手にしているグラスのブランデーを飲み干したのだった。

6

夕刻。西日が広い部屋に差し込み、響の顔を赤く照らしている。

「本日は昨日の続きで、演技をするために必要な『脚本』について説明させていただきます」

ロの字型に長机が並べられていて、正面にオスカーが座っている。あとは白い制服を着た文官たちだ。

また内容が、『文化や文学について』ということであるので、王立学院の教員も参加している。

演劇とはどういうものか。歴史やジャンル、必要とされる技術などを、三十分くらい説明し、その後、質疑応答。それを毎日一時間から一時間半くらい行って、早くも二週間が経った。

大学の演劇科で座学を学んでいたとはいえ、人に説明するのは難しい。『演劇』と言っても膨大な情報がそこにはある。

演者の立場、演出や脚本などの創る立場、大道具小道具などの製作をする立場、音楽音響、照明などのプランを担う立場など、それぞれに奥が深い。

基本的なことを常識範囲でも知っていて、それを改めて学ぶならいいが、まったくなんの知識も持たない者たちに、一から説明するのは至難《しなん》の業《わざ》だ。

なにをどう話せばいいのか悩む響であったが、オスカーが響の世界の演劇をこの国で再現するのが目的ではない、根本的なことを教えてもらえたらいいだけで、あとは独自で発展させるものだから気負うことはない、と言ってくれたので、気が楽になった。

伝えることを目的とし、今ではけっこうスムーズな説明会となっている。

「以上のことから、一つの作品を観客に披露するためには『脚本』が必要であり、この脚本の善《よ》し悪《あ》しが人気を博すかどうかの鍵となります。説明は以上です。質疑応答にはいらせてもらいます」

出席者の一人が挙手し、質問を始めた。

響がやることはこの説明会に出席することと、クリスハルトの話し相手になることだ。

説明会が終わると部屋に戻り、就寝まで二人で過ごす。

クリスハルトは最初こそ響の一人芝居を楽しんで見ていたが、やがて自分もやりたいと言いだした。そこでクリスハルトが選んだ本を台本にして演じてもらい、響が時折助言をする、という感じだった。

クリスハルトはなかなかこだわりの人のようで、衣装や小道具も揃えないと気が済まないらしい。クローゼットにはかわいい衣装が数着、小道具も少しだが収められている。

対してオスカー。

響はこの二週間でオスカーの激忙《げきぼう》ぶりも知ることになった。

響が起きる頃には、彼は朝食を食べ終えて執務に向かう状態。昼食は執務室で軽く取るそうで、夕食は来賓や重要ポストに就いている者たちとの会食。響やクリスハルトと取ることはほとんどなかった。

夜も遅くまで執務室にこもっている。それでも響とクリスハルトが隣の部屋で過ごすことになって、オスカーが自室に戻る時間が早まったという。クリスハルトが練習した寸劇《すんげき》を披露するのを観るために早く切り上げるようになったのだ。

とはいえ、クリスハルトが寝てしまったら、また執務室に戻ることも往々《おうおう》にしてあるのだが。

グリシャやディルクがいることも多い。響がオスカーと二人だけの時間を過ごすのは、ほとんどないと言ってもいいくらい少なかった。

それ以外では、時間がたっぷりある響は、セフィーの協力のもと、宮殿建物の中はもちろん、広大な敷地内にある建物も巡って見学していた。

宮殿来訪者の滞在が可能な複数の小宮殿、いくつもの祈りの小部屋を有した壮麗な礼拝堂、豊富な芸術品を収納している宝物館、そして芸術的な庭園などだ。

説明会を終えた響が王妃の間に戻ると、クリスハルトが中央の丸テーブルに向かって本を読んでいた。

「あ、ヒビキ！　終わった？」

「うん。クリスは読書をしてたの？」

「次に見てもらうお話、どれにしようかって思って」

「そっか。決まった？」

「うーん、どうかな」

クリスハルトは椅子を引いてぴょんと飛び降りた。

「ヒビキ、練習したの、やるから見て！」

「ダメだよ、先にご飯でしょ」

「えーー」

なんて不満をあらわにしても体は正直で、ぐぅ、と腹が鳴った。

「ほら。たぶん、ダバディさんたちがもう近くに来てると思うから、座って待っていよう」

「わかった」

響の言葉通り、数分も待たずしてダバディと若いメイドたちが食事を運んできた。今日も豪華な夕食だった。もったいないと思っても、とても食べきれる量ではない。

王族に出す食事はすべての皿が取り分けるようになっているから、余ったものは使用人たち用の食堂に運ばれて消費されるらしい。それを聞いて、響も安堵したものだ。

和気あいあいと食事を進める。クリスハルトはなかなかよく食べる。響は幼い子どもが元気よくご飯をもりもり食べる様子を見るのが好きだった。そして安心もした。

劇団で年長者として面倒を見ている最中、食べない子が調子を崩すのを何度も見、そしてそんな時の自分は医者を呼ぶことしかできなくて、それがたまらなく不安で、不甲斐《ふがい》なくて、つらかったからだ。

「ご馳走様でした！」

小さな手を合わせてご馳走様をする姿もすっかり板についている。

ダバディたちが片づけている横で、クリスハルトは響の手を掴んで窓際に置かれているソファに引っ張っていった。

「座ってヒビキ、新しいの練習したんだ。見てよ！」

「いいよ」

クリスハルトは急いで服を脱ぎ、脇にあるローテーブルに置いてある茶色のつなぎズボンへと着替えると、細い枝を手にして響の正面に立った。そして枝を持つ右手を大きくかざし、左手を腰に添えて構えた。

「悪い人間どもめ！　我が怒りを思い知るがいい！」

叫ぶと枝を左右に大きく振ってから、正面に座る響に向けた。

「木の神オーレの偉大なる力を思い知ったか！」

次に枝を放り投げ、横に動いてくるりとでんぐり返しをする。そこからパッと立ち上がった。が、ちょっと体がぐらついている。

「ははは、貴様たちの攻撃など効くものか！　我が身は自由自在で……あ」

その瞬間、クリスハルトはこてんと座り込んでしまった。ダバディたちが、あっと焦る中、クリスハルトはぷっと頬を膨らませた。

「あーー、失敗したっ」

本人はミスをしてしまって怒っているが、見ている響には実に愛らしくて微笑ましい。

「ちぇ」

「練習が足りないからだよ」

「えー、いっぱい練習したよ」

「体が動作を覚えていないから、セリフを言うタイミングに間に合わせられなかったんだ」

クリスハルトは口を尖らせるも、反論はしなかった。

「だけど上手だったよ」

褒めると途端に目が輝いた。

「ホント?」

「なかなか偉そうな木の神だった。三十点くらいかな」

「僕の演技三十点なの!? どうして?」

「最後までやらなかったからだ。お客様はけっして安くない額のお金を払って観に来てくださっている。たとえ失敗しても、きちんとやり遂げることが必要だよ。失敗したから怒ってむくれて途中でやめちゃうのは失礼で最低だ。だから本当だったらゼロ点だけど、クリスは僕だけに見せるために一生懸命練習してくれた。失敗するまでは上手だったから、三十点だ」

「………………」

響がにこにこと微笑んでいるのをクリスハルトはじっと見つめ、それから床に落ちている枝を拾った。

「もう一回やる。見てて」

クリスハルトは響の返事を待たず、右手を大きくかざし、左手は腰に添えて構えた。

「悪い人間どもめ！　我が怒りを思い知るがいい！」

大きく左右に枝を振り、響に向ける。

「木の神オーレの偉大なる力を思い知ったか！」

枝を放り投げて、横に動いてくるりとでんぐり返し。パッと立ち上がって足を肩幅に広げ、両手を腰にやった。少しのけ反り気味に胸を張る。

「ははは、貴様たちの攻撃など効くものか！　我が身は自由自在でいかなる攻撃も当たらないのだ！」

今度はぐらつかず、セリフも言いきった。数秒、そのまま。そして右手を振りながら胸の前にもっていき、頭を下げた。演技が終わったことを知らせる礼だ。

パチパチパチパチ！

響の拍手が部屋に響く。すると状況に安心したのか、ダバディたちも拍手を始める。クリスハルトは恥ずかしそうにしつつも、自分の演技の評価がどうなのか不安のようで、響の顔をじっと見つめている。

「よかったよ。今度は百点だ」

「ホント!?」

「うん、ホントに上手だった」

「やったーーー！」

クリスハルトは右手を突き上げて飛び上がった。

「クリスには演技の才能があるかもしれないね」

「そうかな？　えへへ。ヒビキと一緒に演技したい！」

「いいねえ。共演しようか。陛下に見てもらおうよ」

「うん！」

目が輝き、本当にうれしそうだ。そしてそんなクリスハルトを見つめるダバディたちの目も感激のあまり、うるうるしている。今まで本当に手を焼いていたのだろう。

「クリス、お風呂に入って寝ようか」

「わかった」

二人は王族専用の湯殿に向かった。

「あ、セフィーさん」

湯殿の入り口にセフィーがいる。響とクリスハルトに気づくと、丁寧に頭を下げた。

「シノノメ様、こんな時間に恐縮ですが、少しお時間をいただけないでしょうか」

「どうかしましたか？」

「ザイゼル様から今日までの指南《しなん》の内容をまとめるよう仰《おお》せつかっているのですが、いくつかわからない点がございまして、ご教示いただけないかと」

「あ、なるほど。いいですよ」

「申し訳ございません。では、こちらにお願いいたします」

「わかりました。クリス、一緒に入れなくてごめん」

「……わかった」

口を尖らせながらも、響の仕事だから仕方がないと思ったのだろう。素直に了解し、ダバディと一緒に湯殿に入っていく。それを見届け、響はセフィーについていった。

広めの部屋に机がたくさん並んでいる。まばらに白い制服の男たちが座っていて、一心になにかを書いている。文官たちの共同執務室なのだろう。

中を通り、奥の扉の向こうへと案内された。こちらは四畳くらいの個室で大きめの机が置かれていた。

響はそこで尋ねられることに答え、二時間ほどが過ぎると、ようやくセフィーが手を止めた。

「ありがとうございました。大変助かりました」

「いえいえ、こちらこそ。演劇のことが少しでもこの国の人たちに伝わり、受け入れてもらえるようになるなら、僕としてもうれしくありがたいことです」

「陛下が大変興味をお持ちです。我が国で舞台が上演できるよう、私も微力ながら協力させていただきます」

「よろしくお願いします」

互いに礼を言いあい、響は解放されて部屋に戻った。

「え」

中に一歩入って固まる。床にいろんなものが散乱していてめちゃくちゃだ。

「ヒビキ！」

クリスハルトが両手に物を掴んで立ち尽くしている。ダバディやメイドたちは部屋の端で身を屈めている。

「……どうしたの、これ」

「ヒビキーーー」

手に持っていたものを捨て、クリスハルトが両手を広げて駆けてきた。そして響の足にしがみつく。

「クリス？」

「うわぁーーーーーー！」

あまりのことに驚くばかりだが、響は屈んでクリスハルトの目線に顔の高さを合わせた。

「なにがあったんだい？」

「ふええっ」

泣いて声が届いていない。頭を撫でて様子を見るが、そんな響のもとにダバディが近づいてきた。

それに気づいて顔を上げるが、ダバディの困りきった表情にまた言葉を失う。

「どうしたんですか？」

「それが……大変申し上げにくいことでして」

「どういうこと？」

「シノノメ様が不在の間にザイゼル様がいらして、殿下と少々衝突を」

「衝突？」

目を丸くし、クリスハルトに視線を移す。両手を目元にやって泣いて、まったく収まる気配がない。よほどショックなことがあったのだろう。

「シノノメ殿は異世界の住人。いずれ元の世界に帰る。甘えてはいけないとおっしゃいまして」

「グリシャさんが？」

「はい。殿下が、そんなことはないと否定なさると、現在オスカー様の命令のもと、シノノメ殿が元の世界に戻れる方法を探している、オスカー様がシノノメ殿に親切にされるのは、客人として扱われているからであり、お母上のいない殿下を気の毒に思ってのことだから、と」

「その場に陛下は？」

「いえ、陛下はまだ会議中でございます。その会議は、ザイゼル様には関係ないものでして、それでお一人で出向いて来られたのです。ザイゼル様は陛下のお部屋を自由に出入りすることができますので、そのままこちらに寄られたものと」

ダバディの説明に、響はいくつもの引っかかりを覚えた。

「ヒビキ、ここから、いなく、ならない、よね？」

ヒクヒクと何度もしゃくりあげながらクリスハルトが聞いてくるが、その答えを響は持っていない。

死ぬまでの間に戻る方法が見つからなければ答えはイエスだし、すぐに見つかればノーだ。

（戻る方法が見つかれば……僕は自分の世界に帰りたい。だけど……）

こんなにも慕ってくれるクリスハルトを置いて？

自問自答してみるが、やはり答えに窮《きゅう》する。それに、また別の疑問が湧いてくる。

毎日一時間から一時間半程度の演劇に関する会議。そこにはオスカーがいる。

また、クリスハルトが寝るまでのわずかな時間にオスカーが訪れ、三人で会話をする。

そこではクリスハルトから一日に起こった話を聞きつつも、響のことも気にかけて励ましてくれる。

響がこの二週間、不安に苛まれず過ごせたのは、慕ってくれるかわいいクリスハルトと、国王という絶大な権力を持つオスカーが気遣い、守ってくれているからだ。

「ヒビキ、どこにも、行かない、で」

「ありがとう、クリス、そう言ってもらえてとってもうれしいよ。でもね、僕の世界への戻り方は手探りで、まったくわからないそうなんだ。グリシャさんがそんなふうに断言するのは間違ってると思う」

「じゃあ、ずっと、いる？」

「……わからない」

途端にクリスハルトの目が滲み、大きな涙が溢れて流れた。

「その時が来ないと。ごめん、僕はクリスに嘘をつきたくない。自分の世界に帰りたいって気持ちは大きいんだ。だけど、クリスと別れるのはつらい」

「いやだ！　どこにも行っちゃダメだ！　グリシャなんて大嫌いだ！」

「クリス」

「あいつは父上を取ろうとしてるんだ！」

「え？」

「父上に気に入られようとべったりしてる！　それに僕はあいつの妹なんかに母上になってほしくない！」

響は反射的にダバディに顔を向けた。先ほど以上に困り顔のダバディは、はあ、と大きくため息をついた。

「ザイゼル様は自身の妹君を陛下の妃に勧めていらっしゃるのです」

「……陛下は、乗り気なんですか？」

「いいえ、断っておいでです。確かに王妃不在というのはよろしくないのですが、もう妃は不要とおっしゃいまして」

「不要……」

「そんなことは通らないのですが、しかしながらご本人にその意思がなければ、こちらもどうしようもございません。幸い、皇太后様はご健在《けんざい》でございますので、公務でどうしてもという時はお願いしているところでございます」

なぜオスカーは王妃を不要とするのか、その理由がはかりかねるのだが。

（まさか）

響の脳裏にオスカーの傍を離れず、また妙に距離の近いグリシャの姿が浮かんだ。同時に否定もしてみるけれど、ここでさっき抱いた引っかかりの正体に行き当たった。

ダバディがグリシャの言葉を模した時、確かに『オスカー様』と言った。ダバディは『陛下』と呼んでいるのだから、言い間違えではない。

つまり、グリシャは国王を名前で呼んでいるのだ。いくら側近でも、それはないだろう。ということは、彼はオスカーにとって特別な存在なのではないか。だからクリスハルトはそれを肌で感じ取って、グリシャを嫌っているのではないか。

自分の立てた仮説に、響は大きな衝撃を受けた。

（あ……）

響はもう一人の顔を思いだした。グリシャと不仲と思われる男、ディルクだ。

「あの、ディルクさんは……」

「フェルザー殿がなにか？」

「……えっと」

どう言うべきか悩んでいると、横からクリスハルトが割って入ってきた。

「ディルクだってグリシャのこと、嫌いだ。ディルクは味方なんだ」

「どうしてそう思うの？」

「だってディルクは父上の友達だし、パフィーネは僕の友達だから」

「パフィーネ？」

「ディルクの子どもだよ。僕より一つ下だけど」

その言葉に響は体の中からなにかがスッと抜けていく気がした。

グリシャとディルクは恋敵としていがみあっているのではないのか、という疑問が間違いであり、ディルクはおそらくオスカーに媚びるグリシャを嫌悪、もしくはけん制しているのだろう。

とはいえ、勝手に想像を暴走させるのはよくない。オスカーの好みなどわからないし、グリシャが媚びるというのも妹を王妃にしたいがためかもしれないのだから。

（いや、むしろ、そっちのほうが可能性は高い。王妃が不要というのも、陛下が男を好むとかじゃなく、権力のバランスとか、そういうのを考慮して注意しているだけかもしれないし）

そこまで考え、ハッとなった。目の前にいるクリスハルトが心配そうに響の顔を覗き込んでいるからだ。

「ごめん。いろいろ考えちゃって。えーっと」

自分勝手なことを考えていたのでばつが悪く、響は戸惑いながら部屋中を見回した。癇癪を起こしたクリスハルトが手当たり次第に物を投げたのだろう。とにかくいろんなものが散らばっていて悲惨な状態になっている。

「クリス、怒って物に八つ当たりしたり、散らかしたりしたらいけないよ」

「でも」

「でもじゃないよ。これ、片づける人が可哀相だろ？　もうやっちゃいけない」

「ヒビキがどこにも行かないなら約束する」

「またそんなことを」

クリスハルトはぷっと頬を膨らませた。

「クリスは王子様だろ。物に八つ当たりするなんてみっともない真似をしていいのかい？」

「え？」

「誰よりも立派に、陛下のようになりたいんじゃないのかい？　だったら八つ当たりなんていけないよ」

「…………」

クリスハルトがじっと見つめてくる。響もそれを受けとめ、まっすぐ見つめ返した。響の目には、わかってくれ、という気持ちが強く込められている。

「クリス」

「……わかった。これからはしない」

ホッと心底安堵する。

「わかってくれてすごくうれしいよ、クリス。ありがとう。そしたら、もう寝ようか」

「ヒビキも」

「そうだね。一緒に寝ようね」

「うん」

ようやくクリスハルトの機嫌も直ったようで、響以上にダバディが安堵に胸をなでおろしている。

「ダバディさん、明日、僕も片づけを手伝うので、今夜はこれで」

「かしこまりました。おやすみなさいませ」

ダバディはメイドたちを連れて部屋から立ち去った。

「クリス、寝室に行こう」

手をつないで寝室に向かう。そこに置かれている寝衣にクリスハルトを着替えさせてべッドに寝かせると、響も着替えてベッドに入って横になった。

「クリスはグリシャさんが嫌いなんだね」

「大嫌いだよ！　父上に気に入られたら偉そうにできるからだ。それにすぐに母上が欲しいだろ？　って聞くんだ。母上なんかいらない。父上がいてくれたら、それでいい」

クリスハルトが一歳になった時、王妃はすべてを捨てて祖国に帰ってしまったと聞いた。そして今は母国の貴族と結婚し、公爵夫人だと。

（陛下と折り合いが悪かったのかな。だけど、子どもまで疎《うと》ましく思うなんて、そんなことある？　母親なのに。いや、なにか事情があっただけで、愛情がなかったわけではないのかもしれない。だって王族だよ？　一般家庭じゃないんだから。きっと、切実な事情があったんだよ）

クリスハルトは一生懸命、母親がいないことなんて平気だと言っている。それを聞くと、響は切なくて泣きそうになった。

（こんな子どもが、寂しさを必死にこらえて我慢してる。僕を慕って、求めてくれている。僕は……自分の世界に帰りたいって思って、自分のことしか考えていない。この世界で、親切にしてくれる人や、求めてくれる人の気持ちも考えないで）

クリスハルトが響に体を寄せ、襟をぎゅっと握りしめた。そしてそのまま動かなくなった。

「クリス？」

眠っている。泣き喚いた上に、自分の気持ちを必死で響に訴えたために、疲れ果てたのだろう。

響はそっとクリスハルトの頭を撫でた。

（クリス……僕は君の大切な存在なんかになれるのかな。務まる？　自信がないよ。だけど、僕を慕ってくれる君が好きだよ。戻る方法がわからなくてもいいのかもしれないと思えてくるくらい。でも、その時が来てみないと、どういう決断を下すのか、自分でもわからない。ごめん、ここにいると答えてあげられなくて。それでも大好きだってことは真実だから）

いつの間にか、響の意識も眠りの海の深い場所に落ちていった。

7

温かいなにかが髪に触れている。それはわかるが、髪に触れているものがなんなのかまではわからない。

（すごく、心地いい）

頭に触れるその温かいものは、やがて頬に移り、より強く感じられるようになった。と同時に、唇にも別のなにかが触れるのを感じた。

（なに？　もっと温かくて、やわらかい）

意識が浮上し、少しずつ明瞭になっていく。

響は目をあけた。

（え？）

視界いっぱいになにかがあるが、近すぎてピンボケしている。だが、それはすぐに離れていき、ピントが合った。

どこからどう見ても、オスカーだ。

「え？」

今度は声が出た。

ピンボケするほど近くにあったのがオスカーの顔。右の頬には彼の手があてがわれている。

であれば、唇に触れた温かくて、やわらかいものとは――

（キス、された？）

パチパチと瞬きをする。深い藍色の瞳がまっすぐこちらに向けられていて、さらに切ない色があるように感じられた。

「あ、の……陛下？」

「起こしてしまったか？　すまない。だが、その……寝顔がかわいくて、つい」

つい？

そう聞こうとしたのだけれど、喉に引っかかって出てこなかった。

互いに見つめあって視線が逸れることはなく。

「や、怒ったか？」

「怒る？　なにをです？」

「だから、えーっと」

戸惑っている顔がかわいい、などと響はぼんやり思った。

「その、キスしたこと、だが」

「……キス？」

言われて唇に触れた感覚を思いだす。

「あ」

「気持ち悪かったら謝る。申し訳――」

響は弾かれたように両腕をのばしてオスカーに抱き着いていた。

「シノノメ」

名を呼ばれ、今度は響のほうがハッと我に返って手を離した。

「すみません。うれしくて、つい」

つい？

同じことを言っている。響はふふふっと笑った。

「本当に無礼なことを、国王陛下」

「今、うれしくて、と言ったか？」

「はい」

「男にキスされて、うれしかったのか?」

「はい。あっ、はい。そうです。僕は女性にはときめかないもので」

オスカーの深い藍色の瞳が大きく見開かれ、輝いている。

「あの?」

「私もなんだ」

「えっ」

「私も女にはときめかない。どうしてもその気になれないんだ」

「でも……」

「言いたいことはわかる」

オスカーはそう言うと、響の隣で寝ているクリスハルトの寝顔を確認し、身を起こした。手で窓際のソファを指さす。二人はそこに移動した。

オスカーはソファに深く腰を下ろすと、一つ深呼吸をして話し始めた。

「クリスハルトがいるのだから、疑問に思うのは無理もない。あの子は確かに私の子だし、一時《いっとき》は婚姻関係にあった女もいる。前にも言ったが、妃であった者は隣国セルフィオス王国の第一王女で、ロゼティエーネ・リーゼン・セルフィオスという。両国の発展のために組まれた縁談だった。だが、私はこの通り女に興味がなく、どうしても初夜に抵抗があって、ベッドの上で彼女を凝視するばかりで、動けずにいた」

　ここで一度言葉を止め、オスカーは再び大きく深呼吸をした。

「早く済ませてほしいと言われた」

「え……」

　オスカーが響の驚きにふっと苦笑を浮かべる。

「彼女にも事情があったんだ。祖国でずっと想っていた相手がいて、王族であることを自覚しているが、どうしても別の男と褥《しとね》をともにするのは嫌だという。とはいえ、王女として嫁いだ以上、役目は果たさねばならない。ゆえに、世継ぎを産めば褥の役目は解いてほしいと頼まれた。いかなる女といかなる時間を過ごそうが、まったく口を出さぬからと」

「そんな」

「だから私も自分の事情を話した。驚いていたが、わかってくれた。私たちは世継ぎを作るという大きな責務のために協力することにしたんだ。互いにその責務を果たすために嫌なことを我慢し、果たせば、別れると」

「別れる約束までしたんですか？」

　オスカーは苦笑を深めて頷いた。

「もちろん、周囲には言っていないから、みな彼女のわがままだと思っている。この世界では、子どもが一歳を迎えたら正式な祝いを行う。一歳になる前に亡くなることが多く、無事に一歳を迎えられて初めてその家の一員に加えられるんだ。クリスハルトの一歳の誕生祭を終えたあと、彼女は祝いに沸いている中、身を隠して祖国に帰った」

「もしかして、それを指示したのは、陛下？」

それまで苦笑していたオスカーの顔が神妙なものに変わった。ビンゴのようだ。

「どさくさに紛れてな。私はすべてを記した国王宛の書簡を彼女に持たせた。機会を見計らって協議離婚を頼んだ。同時に、離婚が成立したら、彼女が想う公爵子息との再婚を算段してほしいとも。こちらは跡継ぎを与えてもらったことを大変に感謝しているゆえ、どうか彼女の望みをかなえてやってほしいと頼んだ」

「認められたのですね」

「ああ。話のわかる義父《ぎふ》でよかった。もちろん、今は他人だがな」

「…………」

オスカーが重い話を少しでも和らげようと、ジョークを飛ばしたことはわかっていたが、クリスハルトのことを思うと、とても笑えなかった。

どんな事情、どんな約束があろうと、母親が自分を置いて去ってしまったことに違いはないのだから。

大人になって王族としての立場からそれを受け入れることができたとしても、今はまだ四歳の子どもなのだ。

母親の顔を知らずに過ごしているクリスハルトの寂しさは計り知れない。可哀相で仕方がない。

そんな響の考えを悟ってか、オスカーはこほんと一つ咳払いをし、話を続けた。

「私たちは求めあえなかった。これればかりは人間の生理的な好みの問題で仕方がない。だが、親としては失格だと思っている。それでもクリスハルトを想う気持ちはどの親にも負けないつもりだ。彼女も同じだと思う」

「………」

「彼女は自身の責務を果たしつつ、女を求めぬ私のことが公にならぬように悪名を一人背負って去った。まったく関わらないのは、関わってしまったら互いに苦しむからだろうと思う。クリスハルトはグロスフルグ王国の王子だ。祖国に帰った身として関わってはならぬと考えてもいよう」

オスカーは言葉を重ねて公爵夫人を庇《かば》うが、響には受け入れられなかった。傷ついているのはクリスハルトなのだから。

「彼女がいないことでクリスハルトには寂しい思いをさせている。年齢的にも大人の事情を説明しても理解できないだろうし、母親を恋しく思う時期だとも思っている。だから貴殿――私もクリスハルトのように、ヒビキと呼んでもいいかな？」

いきなり『ヒビキ』と呼ばれて響の背がピンとのびた。

「かまいません。むしろ、そう呼んでもらえるとうれしいです」

「では、これからはヒビキと呼ばせてもらう。クリスハルトのために、ヒビキに縋らせてもらった。傍にいてやってほしい」

「僕にできることなら、いくらでも協力します」

「ありがたい」

オスカーの笑顔が眩しい。

彼に見惚れてしまう自分の中に、もしかして、というよからぬ思いが潜んでいることを感じ、響は内心で焦った。

（だったらいいのに。だけど、残念だけど、それはダメなんだ）

響は自分の中にある気持ちの正体が、恋心だと気づいている。

オスカーはこの国の王だ。実るはずもない。

そう考えると、脳裏にグリシャの整った甘いマスクが浮かんだ。

妹のためなのか、それとも自身がオスカーに惹かれているのか、それは響にはわからない。

響の目から見ても彼はオスカーにとって特別な存在に感じる。しかも今は名代とはいえ、いずれは家督を継いで侯爵という高い位につく。

響など、どう頑張っても太刀打ちできない。

失意が一気に響の心に広がり、支配した。

「誤解しないでほしい。私はヒビキの物の考え方や捉え方、特にクリスハルトに語っていた勉強の必要性や怒る叱るの違いなどに、とても共感したし、納得した。それに演技をしている時の輝きは目を瞠るものがある。心臓を鷲掴みにされたみたいで、ヒビキのことを考えると、切ない」

「…………」

「この部屋に呼んだのも、ここなら短い時間であっても一緒にいられるからだ」

いきなりの言葉に響の目が丸くなった。

(これって、告白?)

まさか、という気持ちが心を占めるが、しかしどう考えても告白だろう。喜んでいいのか、自惚《うぬぼ》れるなと自戒《じかい》すべきか、二つの気持ちがせめぎあう。

オスカーが身を乗りだした。

「今、掃討《そうとう》作戦を行っている」

「掃討作戦、ですか?」

「そうだ。私の身辺に謀反を企《くわだ》てている者がいる。もちろん、それが誰か私は知っている。しかしながら私が気づいていることを知られてはならない。だからヒビキにも誰なのか言えない。言えば、どれほど気をつけても、気づかぬ間に態度に出てしまうものだ。それを察知されては困る。ヒビキに抱いている気持ちを今、ここで口にしたからとて、人前での態度を変えることはできない。わかってほしい」

「それは、もちろんです」

「国王としての立場から、厳しいことや、ここで言ったこととは真逆の言葉を口にすることもあるだろう。そこをわかった上で、私と個人的な時間を過ごしてほしいんだが、いいだろうか?」

やっぱりこれは告白だ——響はそう理解し、体が震えるのを感じた。

「個人的な時間とは……えっと、恋人、とか、でしょうか?」

「そうだと言いたいんだが、掃討作戦の最中《さなか》で、特別な関係を確約することができないんだ。いや、あくまで言葉上での話なんだが、そこだけは時間が欲しい」

「僕と陛下の関係に変化があっては、その謀反人《むほんにん》が警戒するからですね?」

「そうだ。今は必要以上に大きな変化があってはならない。少しずつ事を動かして炙《あぶ》りだす。ヒビキには今のままでいてほしい。それが重要だ。重要なんだが、二人で過ごす時間、クリスハルトと三人で過ごす時間も欲しいんだ。欲張っていることはわかっている」

心臓がドクドクと激しく打っている。息苦しいくらいで、響は無意識に大きく息を吸い込んだ。

「もっとヒビキのことが知りたい」

「陛下……僕は」

オスカーが大きく前のめりになって響の手を取った。ぎゅっと強く握ってくる。

「二人きりの時はオスカーと名前で呼んでもらえないかな」

「オスカー様」

「……それでいい」

「迷惑じゃないですか？　僕への待遇をよくすることを、不満に思う人たちがいると思いますが」

「それはそうだろうが、しばらくのことだ。謀反人を捕らえたら、状況は変わる。いろいろと相違や整合性の取れないことも起こるだろうが、どうか信じてほしい」

わかりました――そう言おうとして、響はオスカーの名を呼びかけ、息をのんだ。あの男の顔が脳裏に蘇ったからだ。

「あ、の……」

「ん？」

「答えられる範囲でかまいません。聞きたいことがあるんですが」

「なんだ」

「その……」

オスカーに握られている手に力を込め、強く握り返す。

「グ……グリシャさんとは」

「グリシャ？」

「特別な関係なのではないのでしょうか」

オスカーの深い藍色の瞳に、一瞬キラリと鋭い光が差したような気がする。

言ってはいけないことを聞いてしまったのだろうか、と不安になるものの、オスカーは怒ったりはしなかった。むしろ、よくぞ聞いてくれた、と言いだしそうな雰囲気だ。それでも口は堅かった。

「返事をしづらい質問だな」

「………」

「しばらくは、今の返事で察してもらいたい。ただ」

「はい」

「なにを言われようと、なにを聞こうと、なにを見ようと、信じてほしい」

　オスカーは目を閉じ、軽く顔を左右に振った。それから目を開いて、射抜くような力のあるまなざしをまっすぐ向けてきた。

「言い直す。なにを言われようと、なにを聞こうと、なにを見ようと、俺を信じろ」

（俺？）

　響も力強いまなざしを見返す。

（今まで『私』と言っていた。国王だから？　今は一人の人間、素の自分の言葉ってこと？　だったら――）

　響は背筋を正し、座り直した。

「わかりました。なにがあってもオスカー様を信じます。ですが、お願いがあります」

「なんだ」

「不安になった時、自分を叱責《しっせき》し、奮《ふる》い立たせるため、なにか、小さなものでいいです。なにかいただけないでしょうか。あ、貸してもらうというのでもいいです」

「なら」

オスカーは詰め襟を緩め、中からペンダントを取りだした。

チェーンには丸い輪のようなものがついている。それを手にして立ち上がり、響の面前にやってきて、身を屈めた。

「彼女から返してもらった誓いの指輪だ。己の戒めのために、肌身離さず持っている。このことを知っている者はいない。俺とヒビキ、二人だけの秘密だ」

オスカーがペンダントを響の首につけてくれたので、服の中に仕舞う。

「俺も、ヒビキはなにがあっても俺を信じてくれるという約束の証が欲しい」

「僕はなにも持っていないので、渡すものがありませんが」

「いや、とても有効なものがある。それをいただく」

言うなりオスカーは響が座っているソファの上部に手をやって掴み、身を屈めた。

（えっ⁉）

顔が近づいてくる。なにをしようとしているのか、わからないわけがない。響は緊張しながらも目を閉じた。

ふわりと唇が重なり、去っていく。

目をあけると近い場所にオスカーの精悍な顔があり、じっと見つめていた。

「オスカー様」

「やはり、様はいらないな。もう一度」

「オスカー」

「心地いい」

オスカーは響の頬にも軽いキスをした。

「遅くまですまなかった。ゆっくり休んでくれ」

「…………」

「ヒビキ？」

「あ、はい。ありがとうございます。おやすみなさい」

「ああ、おやすみ」

オスカーがうれしそうな笑みを向ける。そして颯爽《さっそう》と扉の向こうへと消えていった。

響はそれを無言で見送った。

オスカーの返事に、胸の奥がジンと痺れる。

心臓のバクバクが止まらない。

こんな形で恋心が実るとは思いもしなかった。

(信じられない)

夢のような気がする。

ふわふわとする気持ちのままにベッドに行き、気持ちよさそうに眠るクリスハルトを見下ろした。

（クリス）

クリスハルトは親の事情で母親の顔を知らずにいる。

物心つく前に祖国に帰ってしまい、会いに来ることもなければ、交流もない。

自分は母親に捨てられたのだと思い、寂しくて、悲しくて、でも王子だから口に出して言えなくて、紛らわせるためにわざとわがままを言ったり、物に八つ当たりしたりしている。

そんなクリスハルトを前にしているのに、父であるオスカーにときめきを覚えてしまうのも事実だ。

罪悪感が湧いてくるものの、ときめきを抑えることはできないし、オスカーから求められたことを喜んでしまう。

（自分に嘘をつくことはできない。ごめん、クリス。君のお父さんを想うことを許してほしい。僕にできることはなんでもする。そう思ってる。だけど……もし自分の世界に戻ることができるとなった時、僕は自分がどんな決断をするのか、わからない）

クリスハルトの頭を撫でながら、響は深く深呼吸をした。

8

オスカーは内扉から自室に戻ると、思わず小さくガッツポーズを取った。

だが。

「うわっ」

正面にハワードが控えているのを見つけると、驚いて大きくのけ反った。

「ご機嫌でございますね。よいことでもございましたか」

「黙れ」

「申し訳ございません」

ハワードは胸に手をやって頭を下げるが、その肩がぷるぷると震えている。途端にオスカーの眉間に皺が寄った。

「こんな時間にどうした。いや、グリシャはどうした、と聞くべきか？」

顔を上げたハワードに笑みはない。さすが国王の側近だけあって、わずかな時間で見事に立て直したようだ。

「朝、実家から知らせがあったとかで帰宅しましたが、お忘れですか？」

「そうだった」

「明日は不在か、遅い時間に戻ってくるか、いずれかと」

グリシャの父、ザイゼル侯爵は体調が思わしくなく、寝たきりだと聞く。なにか悪い知らせなのか、またはまったく違う内容なのか。

彼が宮殿を離れて領地に戻るのは珍しかった。とはいえ、ザイゼル侯爵家が治める領地は王都から近く、馬車で半日程度の距離だ。

オスカーは視界の端にハワードを捉えながら、そうか、と答えながら大仰に頷いた。

「ディルクもいないが」

「彼はもともと本日休みです」

「朝はいたと思うが」

「休暇の挨拶をなさってから下がられました。それも、お忘れでしょうか」

ハワードのツッコミにオスカーがムッとしながら目を逸らした。確かにハワードが言う通り、朝一番に休暇なので失礼すると言って退出したのを見送った。

「幼い頃からご一緒ですから、もう空気みたいになっているのでしょう。ディルク殿の出仕は明後日です」

歩きながら聞いていたオスカーは最後の言葉に足を止めた。

「明後日?」

「はい。パフィーネ嬢の四歳の誕生日ですので」

「すっかり忘れていた。いかん、祝いを送らないと」

「すでに陛下の名でパフィーネ嬢の好きな人形を手配しております」

オスカーは体を捻ってハワードに向き直った。

「抜かりないな。さすがはハワードだ」

ハワードは右手を胸にあて、頭を下げた。

「お褒めいただき恐縮でございます。これくらいしか取り柄がございませんで。ゆえ、諸々手抜かりなく進めております」

「よろしい」

オスカーはまた歩きだした。その足は寝室に向いている。

「異世界人の処遇《しょぐう》に関しましては、少々甘いのではないでしょうか」

「よい、気に入っている」

「陛下」

「グリシャが妬《や》くな。ディルクもいい顔をしていない。が、クリスハルトが懐いている以上、このままでよい。お前だけは口を出すな」

「かしこまりました。それではおやすみなさいませ」

「今日もご苦労だった」

ハワードをそこに置き、オスカーは一人寝室に入った。

棚に並べられているブランデーを取りだして、なみなみとグラスに注いでテラス窓の傍にやってきた。そして煌々と白く輝く月を仰ぎ見ながらグラスに口をつける。

ごくり、と喉が上下する。

「シノノメ、ヒビキ、か」

左手で口を覆い、それから額にやった。

「失敗した。すっかり油断していた。ぐっすり眠っているので起きるとは思わなかった。不覚だ。だが、そのおかげで大収穫だったが」

手を離すと、クックツと含み笑いをもらす。もう一口飲み、ふと気づいた。バルコニーに置かれている鉄製のテーブルの、天板と脚の接合部に白いものが挟まっている。

オスカーはテラス窓を開き、バルコニーに出た。テーブルに近づくと、挟まっているものは二つ折りにされているカードだとわかった。

「……こんなことをするのはディルクだな」

カードを手に取り、開く。

『国王陛下、来年の誕生日も贈り物をいただけるなら、お父様にお休みをください』

「おっ」

声が出た。そして、むう、と唸る。ハワードはディルクが娘の誕生日を祝うために休みを取って帰宅していると言った。確かに今日はパフィーネの四歳の誕生日だ。そしてこの字はディルクのものだ。見間違えるはずもない。

「来年こそは必ず。許せ」

オスカーは身を翻すと室内に戻り、ロウソクに紙をくべた。あっという間に灰になって落ちる。

「そろそろ潮時《しおどき》なのだろうな」

呟きつつ、再び外を眺める。

「異世界人の来訪は、吉兆、か。なるほど」

ふっと小さく笑ったのだった。

9

三日が経った。大きな出来事もなく、いつも通りだ。

半月以上もいると、さすがにすっかり慣れたものだ。しかも、連日の説明会の功績もあり、移動の際は必ずついていた衛兵の同行も解かれ、一人で歩き回ることを許された。

周囲の者たちも響がいることに違和感がなくなってきたようで、挨拶や会釈などを気さくにしてくれる。それと同時に、明らかに媚びてくる者もいて、改めて国王や王子に気に入られることの意味を思い知らされた。

(ディルクさんの言っていたことはホントに正しかったな)

劇団の団長に媚びる者はいた。あるいはテレビ関係者や有名な脚本家などが、舞台を観に来た時について離れず、自己アピールに必死の者もいた。それが一国の王となれば、深刻さは比ではないだろう。

(だけど僕は部外者だし、万が一、生涯ここで暮らすことになっても、自分の身よりもク

リスの幸せのほうが気になるよ。今はただただ、公爵夫人がなにを考えているのか知りたいんだけどさ)

そうは思うが、公爵夫人は隣国にいる。さらにクリスハルトの母親であることを放棄しているのだし、そもそも響は口を挟む立場にない。ため息ばかりだ。

説明会は四時から始まる。それまでの時間は、クリスハルトの勉強が始まってしまうと響はすることがない。

最初の頃は宮殿内を覚えるために歩き回っていたが、今は図書館に通って、このルフィアのことを勉強していた。そして演劇のことを説明するだけではなく、自らも文章で残そうとしていた。

朝食が終わってクリスハルトが朝の鍛錬に出かけるのを見送ると、図書館に行くために広い廊下を歩いていた。

(ん?)

バタバタバタとけっこうな数の男たちが血相を変えて走って行く。白い制服の文官もいれば、濃紺や赤の軍服を着た武官たちもいる。

(どうしたんだろう)

響は彼らにつられるように、後をついていった。

到着したのは広間だった。正面奥に椅子があり、オスカーが座っている。中央に赤い絨毯が敷かれていて、右側に武官、左側に文官たちがいた。

出入り口には槍を持った衛兵が左右に立っているが、二人とも響と目が合っても止めようとしない。

入ってもいいみたいなのでそのまま進み、邪魔にならないよう気遣いながら最後尾に並んだ。

「それは、まことか？」

「間違いございません。オークレット辺境伯からの知らせでございます。セルフィオスとの国境沿いに続々と兵が集結しているとのことでございます」

それを遠巻きに見ている響は驚いた。

（セルフィオスってクリスのお母さんの国だろ？　オスカーは国王って話のわかる人だって言っていた。友好的なんじゃないの？　兵が集結してるって、この国に攻め込もうとしているのか？　そんな、まさか）

そう思っても人に聞くわけにもいかず、ただやり取りを見守るしかできない。

「やはり公爵夫人の件、根に持っているのではないでしょうか？」

グリシャが神妙な顔でそう言った。

「それはどうかな。もう四年も前の話だ」

「軍備を整えるのに四年かかったということでは？　我が国に勝つには相当な準備が必要なはずです」

オスカーは続けて話すグリシャに顔を向けた。

「なぜそう思う」

「そもそもセルフィオス王が陛下に縁談を持ちかけたのは、我が国の軍事力をあてにしたからです。ロゼティエーネ・リーゼン様との婚姻が破棄となった今、セルフィオス王からすれば陛下は邪魔者、ということになりましょう」

グリシャの言葉に賛同する者は多いのか、けっこうな数の文官武官が頷いている。だがオスカーは否定的だった。

「我が婚姻は彼女の勝手な行動で協議離婚となった。セルフィオス王からすれば己側に恥があり、私に非がないことはよく理解しているはずだが？」

「だからこそです。陛下が自身の顔に泥を塗ったと考えているのですよ」

「その根拠は？」

するとグリシャは大仰にため息をついた。

「親の愛情は時として事実や真実を歪めてしまうものです。娘が理を破って帰国した。だが、それが夫であるグロスフルグ王が大事にしなかったからだ、として怒っているのでしょう。住めば都であり、娘はグロスフルグ王国の王妃として崇拝《すうはい》される身であったはずなのに、国王が愛さなかったから、失意と絶望に打ちひしがれて帰ってきたのだと。であれば、陛下に対しては、憎しみしかないのでは？」

もっともな意見だ。響も納得だった。どのような事情があろうとも、オスカーが妃を大事にしていれば、愛は深まったことだろう。

響はオスカーから事情を聞いている。セルフィオス王が事実を前に一度は納得したとしても、日が過ぎるほどに怒りや憎しみを積み上げていっても仕方がないことなのかもしれない。

「なるほど。逆恨みか。それはやむないことだな。それで、お前はこの件、迎え撃てと言うのか？」

「こちらに非はないのですから、折れる必要はないかと」

オスカーは小さく何度か頷くと、顔を別の場所に向けた。

「カンザス将軍」

「は」

「そなたはどう思う？」

名を呼ばれたのは黒い略式甲冑に身を包んだ男だった。背丈や肩幅などはオスカーと同じくらいだろうか。

腰に下げている剣は幅の大きな大剣である。遠巻きに見ている響の場所でも、彼の迫力は薄まることなく伝わってくる。

「国境を守るはオークレット辺境伯の責務。よもや誤報ということもありますまい。しかしながら、伯を疑うわけではないが、両国間が穏やかなこの時期にセルフィオス王が攻めてくるというのもにわかに信じがたい。まずは確認が必要でしょう。とはいえ、攻め込まれてから動いていては遅い。さっそく精鋭部隊を編成し、伯の砦を固めるのはいかがでしょうか」

「よし、それでいこう」

「陛下も行かれてはいかがですか？」

グリシャが横から口を挟んだ。

「なに？」

「辺境伯ともしばらく顔を合わせておられないでしょう。あの方はなかなか食わせ者です。この機を利用し、様子を探られてはいかがでしょうか。それにかの地の者たちも中央の目が届かぬと思っていれば、よからぬことを考えているかもしれません。陛下がお出ましになれば、目は届いていると強い戒《いまし》めにもなりましょう」

広間からざわめきが起こった。国境を守る辺境伯のことを食わせ者と言ってのけたグリシャに対するどよめきだが、しかしながら一理あるとも言える。

オークレット辺境伯は現場離脱不可能を理由に、ほとんど宮殿にやってこない。砦にこもっている。グリシャが言うように、よからぬ企みを抱いているとも限らない。

「わかった」

オスカーがさっと立ち上がった。

「精鋭部隊は私が直接率《ひき》いる。カンザス将軍、明朝出発ゆえ、すぐに準備を整えよ」

「はっ」

「グリシャ・ダール、留守を任せる。しっかり守るように」

「かしこまりました」

グリシャが胸に手をやって優美に礼をした。

「そのほかの者は開戦に備えて待機を」

一同が、はっ、と声を上げる。響は広間が揺れたような気がした。

（すごい。でも、前線に国王が行って大丈夫なのか？　危険なんじゃ）

と思うけれど、洋の東西を問わず、昔は王や殿様が自ら軍を率いて戦ったと思い直した。

（そうだよね。カエサルとかアレクサンダー大王とかも前線で戦ったし、そこまで古代じゃなくても、ルイ十四世だってナポレオンだってそうだし。日本だって織田信長《おだのぶなが》とか徳川《とくがわ》家康《いえやす》とかも、出兵して本陣《ほんじん》を構えて戦ったんだから）

正面に凛々しく立つオスカーを見つめる。

（オスカーが出向いて行ったっておかしくない。そもそもオスカーって軍服着てるんだから、当然か）

オスカーは広間奥にある扉から去っていった。国王が退席したのを合図に、広間に詰めていた者たちも散っていく。

決まったわけではないものの、隣国と戦争が始まるかもしれないのだ。響は自分が邪魔にならないよう、部屋に控えていようと考え、廊下に出た。

歩きながら、これからどうなるのか想像する。いや、響自身は特になにか変わることはないだろう。

心配なのはクリスハルトだ。

（あの子は確かにこの国の王子で、次期国王だ。だけど、母親が戦争相手国の王女なら、もしかしたら疎《うと》んじる者も出てくるかもしれない）

グリシャが自分の妹を継室《けいしつ》に推していることを思いだした。

グリシャは侯爵家の人間だ。国内の有力貴族の令嬢が王妃になれば、男の子が生まれたらその子を推す者はきっと現れることだろう。

（お母さんに捨てられ、異母兄弟によって立場を失ったって思うだろう。そんなことになったら！）

そう思うと、たまらなく不安になってくる。いや、それだけではない。本人が荒むだけではなく、幽閉とか追放とか、不自由な生活を送らなければならなくなる可能性だってあるのだ。

（歴史を見たら、そんなこと吐いて捨てるほどあるんだから。異世界って言っても、生活している人たちは僕らの世界の人間と同じなんだ。歴史だって似たり寄ったりだ）

部屋に戻るとクリスハルトがいた。午前の勉強の半分が終わり、小休止していたのだ。

「ヒビキ、そんなに慌ててどうしたんだ？」

「…………」

「ヒビキ？」

「なんでもないよ」

「でも、慌ててる」

「そんなことないよ」

テーブルにつき、メイドが淹れてくれたお茶を飲む。

ホッと息を吐くと力みは取れたものの、クリスハルトが見ていることに気づいてまた緊張が起こった。

お母さんの祖国と戦争になるかもしれない——とはどうしても言えない。

(僕は、この子になにをしてやれるんだろう)

大きな目で見つめてくるクリスハルトが愛しくて仕方がない。響は両手をのばし、隣に座るクリスハルトをぎゅっと抱きしめた。

「わっ、わっ、どうしたの?」

「クリスが大好きだって思って。なにがあっても僕が守るから」

きょとんとなっているクリスハルトだが、響の腕を解いて胸の中から抜けだした。

「父上が国境に行くって聞いたけど、そのこと? だったら平気だよ」

「クリス?」

「だって父上は強いもん! 誰にも負けないよ」

えへん、と両手を腰にやって胸を張る。

「父上は国王だけど、騎士でもあるんだ。すっごく強いんだ。だから大丈夫!」

会心の笑み。クリスハルトのオスカー好き度がビンビンと伝わってくる。

「うん、強そうだよね。僕もそう思うよ」

「だろ！」

ますますうれしそうに目を輝かせるクリスハルトに、響は心が温かくなるのを感じる。

「お話し中、申し訳ございません。クリスハルト様、そろそろ次の準備をお願いいたします」

ダバディが話に入ってきた。クリスハルトはぴょんと椅子から飛び降りた。

トコトコと部屋の中央まで行くと、数名のメイドが彼を囲み、服を脱がせていく。下着姿になると、今度は用意していた服を着せていった。

「次は乗馬？」

「さようでございます」

「まだ四歳なのに馬に乗る練習ってすごいなって思うんですが、危険はないんですか？馬の背は高いでしょ？」

響が尋ねると、ダバディは、いえいえ、と言って首を振った。

「貴族は男女にかかわらず、馬に乗ることは必須です。特に王族はみなの手本になるよう優雅に乗りこなさねばなりませんから、早くから練習を始めるのです。ですが、危険はございませんよ。最初は小型の種の馬からですし、周囲がしっかり補佐します」

「そうなんだ。クリス、とっても似合ってるよ。かっこいい」

「ホント？　えへへ」

クリスハルトは照れくさそうに笑うと、メイドたちと一緒に部屋から出て行った。

さて、と響も自分のことをしようと思ったそこへ、ダバディがやや前屈みがちに話しかけてきた。

「シノノメ様、少々よろしいでしょうか」

「なんです？」

「シノノメ様にお願いがございまして。クリスハルト様がシノノメ様の演技に大変な興味を持ったことで、絵本だけではなく児童書まで読まれるようになりました」

「え！　クリスは四歳ですよね？　児童書は早いんじゃ」

ダバディは、はい、と返事をしながら、実にうれしそうに笑っている。

「そうなのでございます。ですが、次に演じるものを探したいとおっしゃって。まことにうれしきことでございます。それでですね、わたくしども、クリスハルト様がどんな役を選んでもすぐに演じられるように、クリスハルト様が取り寄せられた本において、衣装や小道具を集めてまいりました。けっこうな数が揃いましたので、ここらで一度シノノメ様に見ていただきたいと思いまして」

「演じるかどうかわからないものまで？」

「はい」

なんと。先回りして用意しているとは。

「わたくしも他の使用人たちも、シノノメ様の演技に感銘《かんめい》いたしておりますし、クリスハルト様が演技のために本を読み、練習されている姿を見るのは大変な幸せでございます。なによりクリスハルト様が本当に楽しそうになさっておいでで。ですので、少しでもお手伝いをと思いまして」

「でも、さすがに気が早いような……」

「演じる役を決めてからあつらえるのでは遅いと思いますので、先に用意しておけばすぐにお出しし、クリスハルト様もそれを着て練習できますので」

「なるほど」

「こちらに来て、見ていただけますでしょうか」

「わかりました」

どれくらい揃えたのだろうか。ここに来て二十日程度だし、最初の頃はクリスハルトも見る側だったので、それほどではないと思うのだが。

響は興味津々でダバディについていった。

案内されたのはこの部屋から近い収納部屋の一つだ。

「え」

いくつものハンガーラックにたくさんの服が掛けられている。

一つのハンガーラックに三十着くらいとして、ざっと見ただけでも二百着以上はあるだろう。子ども用だけではなく、大人用も同じくらいある。

さらに、帽子、靴、鞄なども床の上に無数に並べられている。

「え、え、えっ……これ!?」

とにかくすごい数、すごい状態で、響は唖然《あぜん》と部屋を見回した。

「こんなに集めて、どうするんですか」

「どれが必要かわからないですから」

「でも……」

ダバディはにこにこしている。ダバディだけではない。彼の後ろに控えているメイドも目を輝かせている。

きっとみなそれぞれに、クリスハルトが読んだ本を確認して集めたのだろう。

いったい、どれだけ思い入れているというのだ。が、そこまで考えて響はハッとなった。

（いや、待て。ダバディさんたちは確かにクリスに対し特別な思いを抱いているんだろう。

でも、それだけでここまでするのはどうかと思う。やっぱりダバディさんたちも演劇に興味を持って、鑑賞することを楽しみにしているってことじゃないか？　だったら、この世界、うぅん、少なくともこの国では、演劇が根づくはずだ）

毎日、響が説明している演劇に関する情報は、きっと役に立って、この国の人々を喜ばせるはずだ。そう思うと、心は一気に弾んだ。

並べられている衣装も今は日の目を見なくても、役立つ日が来るだろう。

（あ、違う。僕がこれらを使って舞台ができるように持っていかなきゃいけないんだ。だって僕以外の誰も、演劇を知らないのだから。ぼーっとしている暇はない）

響はぎゅっと右手を握り、力を込めた。そしてダバディに向き直り、彼の手を取った。

「ダバディさん、ありがとうございます。集めてくれたこれらの衣装や小道具で、舞台を披露できるように頑張ります」

「そう言っていただければなにより幸いでございます。楽しみにしております」

「はい！」

響はこうしてはいられないと、セフィーがいる文官の執務室に急いだ。中に入り、見渡すと、後方窓際の席にセフィーが座っている。

「セフィーさん」

「これはシノノメ様、どうされました？」

「お願いがあります。いつももらってる紙、もっと欲しいんです」

「もうなくなりましたか。追加でお渡ししますね」

「たくさん欲しいんです。えーっと、千枚とか二千枚とか、たくさん分けてもらえないでしょうか」

するとセフィーは目を丸くした。

「そんなに必要なのですか？」

「ダメでしょうか」

「いえ、大丈夫です。シノノメ様の要望には最大限お応えするよう仰せつかっておりますので。こちらにどうぞ」

連れられていったのは膨大な各種の事務用品が所狭しと置かれた物品庫だった。

「わ、すごい」

「我々文官に必要なものはすべてここに保管されています。入り口近くに持ちだし内容を記す管理台帳がありますので、そこに記載いただいたらなんでも持ちだし可なんです」

「僕が一人でここに来て、持ちだしてもいいんでしょうか」

「大丈夫です。シノノメ様は陛下お抱えの職人ですし、殿下の世話役としても文具の取り扱いは必要ですので、出入りは当然あるお立場ですから」

二人して紙の束を手にし、王妃の間に運んだ。

「手伝ってもらってありがとうございました」

「いつでも言ってください。それでは失礼します」

セフィーは丁寧に頭を下げ、帰っていく。それを見送ると、響はさっそく持ってきた紙に向かった。

書くのはルフィアにトリップする直前に上演していた演目だ。

タイトルは『王太子妃へのいばら道』。この演目の台本をまるっとすべて書きだすのだ。

全登場人物のセリフはもちろん、細かな設定や指示まですべて覚えているから難しい作業ではない。

(これをもとに、最初の舞台を上演できたら、みんな演劇の素晴らしさをもっと強く感じてくれるはずだ)

響は作業に集中したのだった。

10

昼食をとるとクリスハルトは昼寝となる。起きたらまた三時間くらいレッスンだ。

その間、響は台本を書き、夕方になると演劇についての講義をする。互いにすべきことを終えたら風呂に入り、夕食となる。食べ終わったらクリスハルトの演技を鑑賞する。

だが、今夜は夕食が終わったタイミングでグリシャがやってきた。今、部屋にオスカーがいるので、一緒に鑑賞したいと言うのだ。

響とクリスハルトはダバディたちも連れて隣の、オスカーの私室を訪れた。

クリスハルトはいたずら好きの天使の役で、背中に白い羽根を背負っている。服も白のシンプルなワンピースだ。手袋と靴も白い。ただこちらの世界の天使には、天使の輪はないらしく、頭はそのままだった。

「今度の仕事は、悪い人間にお仕置きすることだ。神様に褒めてもらうためにも、たーくさんお仕置きしてやるんだ」

額に手をかざして周囲を見下ろす。空高いところにいるのだろう。

「悪い人間はどこにいる?」

何度か体を左右に大きく揺らしてから手を腰にやって反り返った。

「悪い人間ばかりでこれは大変だ！　だけど迷っていても始まらない。手当たり次第にやっつけよう！」

両手を斜め下にピンとのばし、勢いよく駆けだして部屋をぐるりと一周する。急に立ち止まったかと思えば、

「悪い人間、成敗《せいばい》！」

そう叫んで、右腕を左右それぞれ斜めに振り下ろした。そしてまた両手を斜め下にピンとのばして部屋をぐるりと一周走る。それを四回繰り返すと、今度はオスカーの隣に座っているグリシャの前で立ち止まった。

「ここにもいたか！　悪い人間！　成敗だ！」

右腕を二度振り下ろした。グリシャは笑っている。

その様子に響は思わず苦笑を浮かべてしまった。これはきっとクリスハルトの本心だ。

おそらくアドリブだろう。

「ふあっはっはっ！　これで地上も少しはよくなるだろう！」

腰に手をやって大きく笑う。少しタメを作ってから、クリスハルトは大きな身振りで礼をした。

「以上です！　ありがとうございました」

途端に拍手が起こった。響やオスカー、ダバディやメイドたちは、みな手が痛くなるくらい叩いて、大きな拍手を送っている。そうでないのは、軽く拍手しているグリシャと、任務中のディルクだ。

「よかったぞ、クリスハルト。なかなか才能があるんじゃないか？」

うれしそうにオスカーが言うと、クリスハルトは照れくさそうに笑った。その顔がかわいい。

「短期間に言葉を覚えるのは大変だったでしょう。殿下は頭がよくていらっしゃる」

グリシャも続けて言った。クリスハルトの顔がますます得意げになる。

「クリスハルト、また次の演技を期待している。私は明朝、国境に向けて出立するので、もう休むことにする」

「はい、父上、おやすみなさい」

「ああ、おやすみ。ダバディ、クリスハルトを頼む。シノノメ殿、貴殿には少し話があるので残ってもらいたい。すまないが、こちらのソファに移ってもらえるだろうか」

オスカーの言葉にダバディがクリスハルトを連れて、隣の部屋に続く内扉の向こうに消えていく。響は二人を見送りつつ、座る場所を移動した。

「それにしても」

と、グリシャが口を開いた。

「殿下の劇の件ですが、最後、一国の王子たるクリスハルト殿下が、礼を言って頭を下げるのはどうなのでしょうか？」

グリシャがオスカーを見ながら言った。オスカーの隣にいるグリシャは、まるで恋人のように軽くオスカーに寄りかかるようにして座っている。クリスハルトがいた時は背筋をのばして姿勢よく座っていたのに。

(子どもの前だから我慢していたってこと？)

グリシャは少し顎を突きだすようにしていて、まるで響を見下ろさんばかりの目つきだ。

(僕にあてつけてる？　だったらグリシャさんって、オスカーのことが好きなのかな。妹を嫁がせるためだとかって聞いたけど、自分が好きだから一番傍にいようとしてるのかもしれない)

響は腹の底にグッと力を込めた。

「グリシャさんがおっしゃることはもっともなんですが、演劇の世界では役者は役どころの格、物語内での重要度が重視されますし、個々の演目から離れた時は、演者の演技力が評価されるものです」

「それでも王族は別では？」

「演者個人の家柄は関係ありません。確かにクリスハルト殿下は王子ですが、舞台の上では王子かどうかは問われないので、見てくださった観客に礼を尽くすことが大切なのです」

「ですが……」

「僕の世界でも、長い歴史の中、王族の方が趣味で演劇をされていたという記録はあります。ですが、やっぱり観てくれた観客には礼をもって接しています。舞台の上は演者にとって真剣勝負の場です。演技だけがモノを言う世界です。出自ではありませんから。それに、偉そうにふんぞり返っていたら、観客はもう二度と観てはくれないでしょう」

「そうですか。なるほど。ですが……」

グリシャがチラリとオスカーを見てから手を口元にやった。

「なかなかシノノメ殿の世界の風習に慣れることができませんね。みなの前で殿下に頭を下げさせ、大きな声で礼を述べることを求めるのは、王族への冒涜《ぼうとく》のように思えて仕方がありません。まぁ、私個人の感想ですけれどね」

部屋中がシンと静まり返る。響はどう返事をしたらいいのかわからず、黙り込んでしまった。

「まあ、そう言うな。新しい文化を得ようとしているのだから、当然そこには新しい習慣や決まり事があるものだ」

オスカーが助け船を出してくれたので、ホッとした。

「こういうのは慣れだ。慣れてしまったら、お前だって気にならないだろう」

「オスカー様」

その一言に響の口角あたりがビクリと引きつった。ダバディの説明の中に、グリシャがオスカーを名前呼びしていることを示唆《しさ》するものがあったが、実際に自分の耳で聞き、心臓をひと刺しされた気がした。

さらに。

グリシャの手がオスカーの膝の上に置かれた。しなだれかかるようにして凭《もた》れている。響は自分の中に激しい不快さを覚えた。と同時に、湧いてくるその不快さに驚く。

(いつの間に僕はこんな感情を抱くようになったんだろう。確かに好きだし、オスカーの言葉はものすごくうれしかった。だけど朝は運がよければ顔を見ることができるくらいだし、夕方の説明会と、時々夜に話をする程度の交流だったのに)

オスカーの告白がいかに響の心の奥底深くまで届いたのか、今更ながらに気づいた。

（信じてるから、大丈夫）

響はオスカーからもらったペンダントについている指輪を、服の上から握りしめた。

「私は明朝、セルフィオス王国との国境まで出向くので、しばらく留守にする。その間、クリスハルトのことはヒビキに任せる。ダバディと協力して面倒を見てほしい」

「もちろんです」

「くれぐれも頼む。それから、もし、なにか気になることがあれば、ダバディに言って彼に走ってもらってくれ。ヒビキはどんなことがあっても、クリスハルトの傍を離れないように。頼りにしている」

「かしこまりました。お任せください。クリスは僕が守りますので、どうかご安心ください」

オスカーが目を細め、うれしそうに言ってくれるので、つい響も声を弾ませた。

「オスカー様はシノノメ殿に甘いですねぇ」

「そうか？」

「そうです。私が言っているのだから違いありませんよ」

「ははは。ヒビキは異世界人だ。言い伝えでは、吉兆とされている。大事にしないといけないだろう」

グリシャがチラリと響を流し見て、ふっと笑った。

「吉兆だから大事に、ですか。私はてっきりオスカー様の好みに合っているので、愛《め》でられているのかと思いましたが」

「愛でる？　お前にしてはなかなか珍しい冗談だな。妬いているのか？　であれば、くだらないぞ」

オスカーはグリシャの頬に軽く触れると、スッと立ち上がってマントを翻した。

「余興はここまでだ。明日は早い。私はもう寝る。みな、解散だ」

そう言って寝室に向かって歩きだした。グリシャが追随しようと立ち上がったが、オスカーは彼を制して一人扉の向こうへ消えていった。

あとに残された者三名。互いに無言で、気まずい空気が流れている。響がどうすべきかと悩む間もなく、ディルクが口を開いた。

この男はオスカーの前では無口無表情のくせに、いない場所ではけっこう口を開く。

「俺も明日は早いから下がらせてもらう。二人は残って親睦《しんぼく》を深めたらいいんじゃないかな」

「とんでもない。留守番とはいえ、陛下を見送らねばなりません。私とて明日は早いですよ。先に失礼させてもらいます」

グリシャは逃げるように去ってしまった。響が驚いていると、ディルクが含み笑いをしている。

「あの」

「あいつはお前が邪魔なんだ。理由はわかるだろ?」

「それは、まぁ」

「お前とてこの宮殿で暮らしていかないといけない。自分を守るためにも殿下の傍から離れないことだ」

「僕は自分の利益のためにクリスの傍にいるわけじゃありません」

「そんなことはわかっている。俺が言わんとしていること、頭を冷やしてよく考えろ」

ディルクは軽く手を挙げると、扉に向かって歩きだしたものの、ドアノブを掴んだところで振り返った。その顔には笑みはなく、鋭い目つきになっている。

「今回の出陣では、陛下はお前を頼りにしている」

「頼り?　それはどういう」

響の言葉を聞くことなく、ディルクは出て行ってしまった。

呆然としていると、ディルクとは入れ違いに騎士が入ってくる。ディルクと交代した護衛士だろう。目が合い、響は慌てて内扉から自分たちの部屋に戻った。騎士の目が、いつまでいる気だ？　と言っているように思えたからだ。

寝室に行くとクリスハルトが気持ちよさそうな寝息を立てて眠っている。響は寝具に着替えてクリスハルトの隣に寝ころんだ。

（ディルクさん、あんな謎解きみたいなことを言わず、はっきり教えてくれたらいいのに。というか、はっきり言えないのかな。誰か潜んでいて、言質を取られたらマズい、とか）

オスカーに告白された時、疑っていることが謀反人にバレないよう注意している旨の説明を聞いた。響が名前を知っている者、知らない者、オスカーの傍にいる者たちは何人もいる。だが、あれだけ警戒しているのだから、相当近しい存在なのだろうと思う。

（誰を警戒してるんだろう。でも、側近中の側近には危険すぎて任命しないはずだろう。しかも僕が聞いてしまったら態度に出てバレてしまうってなると……もしかして、ダバディさん？　まさか。でも……距離感的にはありえそう。それに……）

響を頼りにしている、ということは、今回の出兵に対し、宮殿に残る者だろう。

（最初はグリシャさんかとも思ったけど、あの人はオスカーのことが好きみたいだし、妹を王妃にしたいなら、オスカーに失脚されたくないはずだ。……ん、もしオスカーが失脚した場合、誰が権力を手中に収めることができるんだろう）

ほかに有力な王族がいるのだろうか。叔父とか、いとことか。あるいは大貴族とか。

いろいろと思考を巡らせるが、まったくなにも浮かんでこない。

(考えてもダメだな。知らないことをいくら悩んでも答えなど得られるはずもないか。それよりもディルクさんだ。自分を守るためにもクリスの傍から離れないことってなんだろう。クリスを守るためなら、なんだってしようと思ってるけど)

ディルクのまなざし、表情、口調、それらを正確に思いだそうとするものの、こちらもなにも浮かばない。響は、はあ、と大きな吐息をついた。

(頭を冷やして、か。とにかく、クリスの傍から絶対に離れないようにしよう。あとは、とにかく冷静に、だ)

響はどんなことがあってもクリスハルトを守ると誓って、瞼を閉じたのだった。

11

響はふと目を覚ました。なにか夢を見ていたような気もするが、思いだせないし、なにも浮かんでこない。ただ、なんとなく、焦っていたような気がする。なにかとんでもないことを知ってしまって、右往左往していたような。

（オスカーが戦争に出向こうとしているからかな）

戦争、戦いに犠牲はつきものだ。平和な日本で暮らしていた響にとって、我が身の近くで戦いのムードがあること自体が驚きであり、不安である。

それなのに当のオスカーをはじめ、みな落ち着いている。幼いクリスハルトですらそうだ。誰もが、この空気がある種当たり前のような様子でいることに、驚きだった。

（僕は、そういう世界に来てしまったんだ）

大きく深呼吸をして響はベッドから抜けだした。すっかり目が覚めてしまった。服を着替え、顔を洗い、リビングに戻ると隣から声と音がする。おそらくオスカーが誰かと話をしているのだ。

響の脳裏に、オスカーと親しげに会話をしているグリシャの笑顔が浮かんだ。と同時に、胸の奥底からもやっとしたものが湧いてくる。

だからつい、興味というか、怖いもの見たさというか、確認したくなったというか、オスカーの部屋に続く内扉をあけてしまった。

「あ」

その瞬間、一斉に注目されてしまったのだが、響はそのことにはまったく意識がいかなかった。その理由は、出兵の用意をしていたオスカーの姿に目を奪われてしまったからだ。

「ヒビキ、どうした？」

「…………」

グリシャもディルクも、そしてクリスハルトの従者であるダバディもいる。オスカーと体格が似ている騎士も二人いる。だが、まったく視界に入ってこない。響はただただオスカーに見惚れていた。

漆黒の甲冑は黒竜をデザインしているのか、肩には外側に向けて鉤爪《かぎつめ》のような装飾がなされている。全体の造りも竜をイメージさせるもので、威厳と迫力があった。

「ヒビキ？」

「あ、いえ、その、甲冑なんて、普段あまり見なくて……僕の国にも、昔、戦士だった人たちが身に着けていたものがありますが、デザインがぜんぜん違うから。えーっと」

言い訳じみている。恥ずかしくなってきて、全身がカッと熱くなった。それでもやはりオスカーの凛々しさに見入ってしまう。

「その兜《かぶと》とか、なんか細工がすごくて」

「そうか？」

オスカーは言いつつ、左手に持っていた兜をかぶった。

目の下、鼻まで隠す仕様で、額の部分に竜の顔、こめかみのあたりには竜の爪がある。後頭部には半閉じ状態の翼がついていて、なんとも勇ましく怖いくらいの迫力だ。ただ立っているだけで畏怖を覚える。戦地にて軍を率いて戦うのだと思うと、響は足もとから震えが起こるのを感じた。武者震いだ。

「竜の装飾はないほうが私としては軽くていいのだが、見た目も大事だから仕方がない。どうだ？　威厳があるように見えるか？」

「見えます！　すごくかっこいい」

思わず素直な返事が出てしまった。オスカーは楽しげに笑い、兜を脱いで隣に立つ従者に渡した。

「グリシャはみなと協力し、留守を預かるように」

「かしこまりました」

「ダバディはクリスハルトを守るように」

「承知しております」

この場にいる者たちに次々と声をかけ、最後に響の名を呼んだ。

「クリスハルトの傍を離れるな。くれぐれも言っておく」

「もちろんです。誓います」

「その言葉を忘れるな」

オスカーはいつにもなく強い口調で響に言い、そして従者を引き連れて出て行った。あとに残った者は深く礼をして見送る。響もその一人だ。

響は内扉から自分たちの部屋に戻り、バルコニーに出た。外には二百人くらいの騎士が馬とともに整列していた。みな黒い甲冑を身にまとい、腰には長剣、背中には短剣を差している。今回のために選ばれた精鋭たちだ。

響は緊張でごくんと生唾を飲み込んだ。

(本物の騎士、戦士だ。すごい迫力だ。離れているのに気圧される)

しばらくするとオスカーが現れた。そして用意された馬に乗ると、騎士たちも同様に馬に跨がった。

「では、参る」

オスカーの合図に『おぉ！』と鬨《とき》の声が上がり、動き始めた。

(気をつけて)

心の中で無事を祈り、響は隊が見えなくなるまで見送った。

国王が出立したからといって、なにかが変わるわけではなかった。

朝食時にセフィーがやってきて、夕方の説明会は問題なく開かれると伝えてきた。

クリスハルトの勉強も変更はない。

いつも通りの時間を過ごし、この日は何事もなく過ぎた。

だが、翌日、昼食の段になって、クリスハルトが釈然《しゃくぜん》としないといった感じで言った言葉で、響の中に強い緊張感が湧いた。

「知らないメイドばっかりだ。いつも新しいメイドが来る時は一人ずつだったのに」

そう言われて見渡すと、見知ったメイドは一人もいない。みな知らない顔だ。

響の背筋に冷たいものが流れた。と同時に、ダバディの姿もない。

(朝は……いたよな。うん、いた。挨拶したから。でも……)

正直、クリスハルトの傍にいるのは事実だが、けっこう神出鬼没《しんしゅつきぼつ》で、いたりいなかったりする。それに、なによりもクリスハルトの傍にいることが当たり前で、存在に気を回すことがなかった。だから、いつ、どこに彼が控えているのか、いちいち確認することはない。

(どうしたんだ?　なにかあった?)

だが、と思う。オスカーは彼の側近の中に謀反を企てている者がいると話していた。

響はオスカーの側近の全員と交流、あるいは対面しているわけではないから、必ずしも顔と名前を知っている者だけが対象者ではない。顔は知っているが名前は知らない者もいれば、その逆もある。

それはわかるのだが、やはりどうしても自分が知っている面子で考えてしまう。ここでダバディがいつもと違う行動を取るとなると、彼が対象者なのか、あるいは真逆で、クリスハルトの侍従ということで真っ先に狙われたのか。

目だけ動かして控えているメイドたちを確認するが、みな怪しく思えてしまう。

(どういうことだ。いや、そんなことはどうでもいい。この状況は不自然すぎる。昨日の今日で慣れたメイドさんたちが全員入れ替わるなんて)

ごくんと生唾を飲み込み、響はクリスハルトの愛らしい顔を見つめた。

(この子を守るのは僕の役目だ。だけど戦うことはできない。僕にそんな能力はない。で

きることは、敵に捕まらないことだ）

それにしても、オスカーが出立した翌日から宮殿内に変化が起きるなど信じられなかった。それはつまり謀反人が宮殿内で諸々指示できる立場にいるわけで、なるほど国王の側近というわけだ。

（誰に相談したらいいんだろう。みんな怪しくて信用できない）

人の気配がして顔をそちらに向けると、若い男が近づいてくるのが見えた。

「お食事中、失礼いたします。わたくし、アルフレッド・マニーと申します。ダバディ殿の代理で参りました。本日午後のお勉強は講師の関係で乗馬に変更させていただきたく、お願い申し上げます」

「そうですか。わかりました。ところで、ダバディさんはどうしたんですか？」

「それが、調子が悪いとのことで、下がらせていただいたのです」

「調子が悪い？　どこが悪いんですか？　朝はいつも通りで、不調の様子はなかったのに」

「わたくしも、調子が悪いとしか聞いておりません。ですが、胸を押さえていらっしゃったように思います。なにか御用でも？」

「……いえ、用事はありません。心配なだけです。諸々わかりました。昼寝が終わったら、乗馬用の服に着替えるようにします」

「よろしくお願いいたします」

アルフレッドと名乗った青年は、胸に手をやって丁寧に礼をし、下がっていった。

「ヒビキ、ダバディ、大丈夫かな？」

「…………」

「ヒビキ？　どうしたの？」

響はワゴンの横に立っているメイドをチラリと一瞥《いちべつ》し、それからクリスハルトに向けてにこりと微笑んだ。

「どうもしないよ。ホントに、ダバディさん、大丈夫かな。でも、休んでいるのにうるさく言ったら迷惑だろうから、そっとしていよう。クリスはこれからお昼寝だから、気にしないでいっぱい寝ようね」

「うん」

そう返事をするが、クリスハルトの顔は曇っている。心配なのだろう。

「ヒビキ、僕、もういらない」

「え？　まだ半分しか食べてないのに？」

「眠たくなった」

「そっか。じゃあ、お昼寝しよう」

「うん」

クリスハルトは椅子からぴょんと飛び降り、駆けだした。響もあとを追う。寝室に入ると、クリスハルトは響の手を掴んだ。

「ダバディがなにも言わずにいなくなるの、変だと思う」

「うん」

「ヒビキもそう思う?」

「思うよ」

「父上がいない時に、急にメイドが変わるのも変だと思う。ダバディ、大丈夫かな」

響はダバディがどちら側なのかを考えているが、それをクリスハルトに言うのは差し控えた。

クリスハルトはダバディの身を心配している。それは信じているということだ。

(クリスが信じているなら僕も信じたいけど、確証がないから、こればかりは。それより、これからどうすべきか、だ。ここにいることが安全なのか、逆に危険なのか。クリスは国王の血を受け継ぐ唯一の王子だ。こんなに警備が手薄なのも変だ。かなり高い地位の人間が謀反人であることは間違いないだろう。ってことは、やっぱりここにいるのは危険なのかもしれない)

クリスハルトが不安げなまなざしで響を見ている。それから握っている手を引っ張った。

「父上がいつも言うんだ」

「うん？　なんて？」

「ダバディがいなくなったら気をつけろって。なにかよくないことが起きてるからって」

「え」

「きっと、なにか起こってるんだ。どうしよう」

（それって、オスカーはダバディさんを信用してるってことか。だったらやっぱりここは危険なんだ）

「とりあえず、クリスは昼寝だ。眠いんだろ？」

するとクリスハルトはかぶりを振った。

「あれ、嘘なんだ。眠くないし、わざとお腹いっぱい食べなかった。食べたら眠くなるから。ヒビキ、この部屋から出ようよ。父上にダバディがいなくなったら、隠し扉から逃げるようにって言われてる。秘密の隠れ場所があるんだ。そこに行かなきゃ」

「クリスはこの部屋の隠し扉の場所を知ってるの？」

「あ！　ここのは知らない」

途端にクリスハルトは動揺したように落ち着かなくなった。

「どうしよう」

「…………」

「ちょっと待って、今、考えてる。えーっと、前の部屋なら知ってるんだよね？」

「ヒビキ」

「もちろんだよ」

「だったら、前の部屋に行けばいいんだ。でも……」

なるべくリスクは小さくしておきたいところだ。響はクリスハルトの姿をじっくりと見てから、案を思いついた。

「クリス、俳優になろう」

「俳優？　どういう意味？」

「変装するんだ。ここから少し先の物置部屋に、ダバディさんたちが集めた衣装や小道具がある。それで別人になって移動するんだ」

クリスハルトの顔がパッと明るくなった。

「で、元のクリスの部屋に移動して、秘密の隠れ場所に行こう」

「うん！」

リビングにはメイドが一人控えている。彼女に見つからずに廊下に出ることは難しい。

まず、これを解決しなければ。響はなにか策はないか考えた。

（午後の勉強をわざわざ乗馬に変更したんなら、その際に誘拐しようと考えているのかもしれない。確かに、不自然じゃない。乗馬と言って連れだせば、誰にも疑われず、クリスを誘拐することができる。ということは、この昼寝の時間を使って、ここから出るしかない。でも、どうやって？）

寝室から廊下に出る方法はない。いや、もしかすればあるのかもしれないが、響もクリスもわからない。

（オスカーの部屋は、今は留守だから、人はいないはず。僕が彼女を引きつけている間にクリスを行かせ、その後、なにか理由をつけて僕も追いかければ……）

響は頭を左右に振った。そんなにうまくいくとは思えない。

（腕力なら僕のほうがあるから、ここは無理やり縛るか……いや、大声を出されたら、いっかんの終わりだ）

うーん、と唸る。

（部屋を守ってる衛兵まで変わっているのかな。もしいつもの人なら、事情を話して彼女の注意を引いて……いや、衛兵も変わっている可能性のほうが高い。あ、待て、そうだよ、衛兵がいるんだ。二人で廊下に出たら、それだけで見つかってしまう。これは容易な話じ

ゃないぞ）

響の脳裏に、『閉じ込められた』という言葉が浮かんだ。そうだ、文字通り部屋に閉じ込められたのだ。

「ヒビキ、寝る部屋に隠し扉があるはずだから、それを探す？」

クリスハルトが提案してきたが、見つけるのは容易ではないはずだ。

「クリスの部屋と同じようなからくりになっているなら簡単だろうけど。それに、この寝室にあるって確実なのかな？」

クリスハルトの顔が途端に曇った。

（クリスは寝ていると言って、僕だけあの部屋に行き、衣装と小道具を持って戻ってくるってのは？　あ、いや、クリスの傍を離れるのは得策じゃない。移動は一緒でないと。なにか方法はないか）

考えるほどに気が滅入ってくる。当然だ。敵は袋小路に閉じ込めたと考えているのだ。そして自然な形で部屋から出し、拘束するつもりなのだ。そう簡単に見つからず、逃げだせるはずがない。

八方塞がりだ。

（クリスの提案通り、隠し扉を探して逃げるしかないのかな。でも、敵だって王族の部屋には隠し通路があることくらい知っているはずだ。もしかしたら、敵にとってクリスが部屋を移動したことは好都合だったのかもしれない。くそ、いっそのこと、バルコニーから逃げるか）

響が悩んでいるからか、クリスハルトは部屋の端に行き、壁に手をつけてなにやら探し始めた。じっと待っているなら隠し扉を探そうと思ったのだろう。その様子を眺めていた響はあることに気づいた。

（なんらかの空間に出られる位置でないといけないんだから、探す場所は絞り込めるはずだ。えーっと、西側の壁はリビングと接している。北は廊下だ。南は窓が並んでいて庭園を眺めることができる。しかも下は正門に続く大きな道。ってことは、路を通せるのは東側のみ。でも東側はトイレの――）

その瞬間、響はハッと息をのんだ。

「クリス、こっち」

手招きをしてトイレ用の小部屋に行く。トイレといっても広くて、四畳くらいはあるだろう。

「ヒビキ、トイレがしたいなら僕はいないほうがいいんじゃない？」

「違うよ。隠し扉はこの部屋にあるから、一緒に探そうと思ったんだ」

「え、どうしてここだとわかったの？」

「だって東西南北を考えたら、ここしか路を通せる場所がないだろ？　でも、このトイレだって方角を考えたら、南と東はありえない。北と西のどこかに扉があるはずだ」

だが、二人して丁寧に見ても、それらしいものはなかった。

「ないね。どこかに絶対隠し扉はあるはずなのに。僕の部屋は壁にくっついてる本棚だったんだけどな」

クリスハルトの言葉を聞いて、もう一度、壁や調度品を眺めるが、めぼしいものは見つからない。響は視線を左右上下に動かした。そしてそれらしいものを見つけた。

「これかもしれない」

「どれ!?」

足もとには幅十センチくらいの六角形タイルが模様を描いている。北側の壁との境目に近い場所で、一枚しかない色のタイルがあった。その他の色は複数枚あるというのに。

響は屈み、そのタイルに触れてみた。外すには隙間にかませるだけの薄い道具が必要で、手では無理だった。

（押してもダメなら引いてみなって言うけど、この場合、引くのは無理だから、その逆で押してみたら）

グッと力を入れて押すと、タイルが十センチほど下がった。

「あった」

タイルが下がったためにできた枠に取っ手がついているではないか。響は取っ手を掴んで思いきり引っ張り上げた。

「あいた」

一メートル四方の大きさで、空洞がある。タラップが壁に打ち込まれているので下に降りられるのだろう。響は台の上に置かれているランプの中のロウソクに、マッチで火をつけて手に取った。

「行こう。まずは僕から降りる。クリスはそこで待って、僕の合図で降りてくるんだ」

「わかった」

片手で降りなければいけないので、慎重にタラップに足をかける。ゆっくりと降り始めた。数段降りると、床が見えた。どうやら高さは一階分で、危険はなさそうだ。

「クリス、大丈夫だ。ついてきて」

頭上から、わかった、というクリスハルトの返事が聞こえた。響も引き続きタラップを降りて、間もなく石畳の床に到着した。見上げるとクリスハルトが半分くらいのところにいる。クリスハルトは響が持つランプによって床を確認すると、そこからぴょんと跳んで見事に着地した。

そんなクリスハルトを見ながら、響はまた考えていた。

(このまま逃げても目立つだけだ。特に僕は髪の色が違うから、遠目でも一目でわかる。クリスを一人にするのは危険だけど、この抜け道は誰も知らない。ここはリスクを取って、少しでも先の不安を減らしたほうがいいかもしれない)

うん、と頷き、クリスハルトに向き直る。

「クリス、ここでほんのわずかな時間、待てるかな」

「待つ？　一人で？」

「そう。音も立てず、暗いけど、一人で。僕は変装道具を取ってくる。十分もかからない。いや、十分以内に戻ってくる。どう？　待てそう？」

「変装道具って？」

「僕たちだとバレないようにするんだ。もし誰かに話しかけられても、別人になって演じるんだ」

演じると聞いた瞬間、クリスハルトの目が輝いた。

「舞台だ。上演だね!?」

「命がけの演技だけど、まぁ、そう言えなくはない」

「待ってるよ。静かにしてる！　大丈夫だよ」

「よし、じゃあ、十分だけ待ってて」

「うん！」

ランプをクリスハルトに渡し、響はタラップを登り始めた。

不安は大きい。オスカーに、くれぐれもクリスハルトの傍から離れるなと言われ、誓うと返事をしたというのに、いきなりその誓いを破っている。

トイレ部屋に戻ると、便器の足もとに敷かれているカーペットを抜け道の上に置いて隠し、寝室へ。ベッドの中に枕を入れてクリスハルトが寝ているように細工してリビングに行った。つまらない小細工かもしれないが、しないよりはマシだろう。

メイドは出入り口付近の壁に立っている。

「すみません。クリスが寝ている間に、ちょっと用事を済ませてきます。数分で戻りますので」

「かしこまりました」

メイドはにこりともせずに返事をした。響は急いで部屋を出て、目と鼻の先にある物置部屋へ急ぐ。そして中に入り、歩きながら考えた二人の設定に合う衣装と小道具を探して袋に突っ込んだ。

終わるとすぐに王妃の間に取って返す。さっきのメイドは立ち位置を変えることなく同じ場所に立っていた。

「戻りました。僕はクリスの傍にいるので、なにかあったら呼んでください」

「かしこまりました」

同じ言葉が返される。無表情も同様だ。響は軽く会釈をして寝室へ、そしてトイレの部屋に戻ってきた。カーペットを捲ってクリスハルトに声をかけた。

「今、行くから」

「うん！」

急いでタラップを降りる。そこで持ってきた衣装に着替え、響は長い金髪のカツラを被った。頭には帽子。庭師の母子の完成だ。

「急ごう」

二人は走った。敵が乗馬のレッスンにかこつけて部屋にやってくる前に、なるべく離れて、できればクリスハルトが言う秘密の隠れ場所に到着したい。

石造りの廊下は真っ暗で、ランプがないと前後左右まったく見えないが、辻もない一本道の上、石畳のはずなのに音がほとんどしなかった。土を敷き詰めているようだ。それが足音を吸収しているのだろう。

必死で走り続け、ようやく前方に光が見えた。到着すると、細かな細工の鉄柵で出口が塞がれている。おそらく外から中ははっきり見えないだろう。

どこかに開くためのノブがないか確認するも、よくわからない。だが、響の腰から少し下あたりの左右端にそれぞれくぼみがあり、そこに手をやって持ち上げてみると柵が浮いて外れた。

「よし、行こう。秘密の隠れ場所ってどこだい？」

「こっちだよ。礼拝堂の一室なんだ。裏から入るんだよ」

物陰に隠れながら人がいないことを確認して進む。すると後方でなにやら騒々しい声や音がし始めた。

（部屋を抜けだしたことがバレたか？　急がないと）

後方の怒声の中に、王子が、異世界人もだ、という言葉が聞こえたので、逃亡がバレたことは間違いなさそうだ。

焦りが生まれるけれど、礼拝堂はもう間近で、響は必死に走った。クリスハルトの言う礼拝堂の裏に回ろうとした時、背後から大声で呼び止められた。

「クリス、言葉遣い、乱暴なくらいでいいから」

「え？」

「庭師は丁寧で綺麗な言葉遣いはしないから。あと、恥ずかしがりやの女の子だ」

「……わかった」

響の言いたいことを理解したのか、クリスハルトは響の背後に回って服を握りしめる。シャイな女の子に扮することで、なるべく顔を見られないように、ということだ。

「そこの女、なにをしている？」

響は振り返りながらさり気なく右手を頭にやって、帽子を少し前に動かした。つばを下げて顔が見えにくくするためだ。

そこにいたのは衛兵だった。二人いる。

「なにを？」

声に気をつけつつ、返事をした。それと同時に、自分たちが立っている場所に視線を走らせる。

礼拝堂の周辺は正面通路こそ花が植えられて美しく整えられているが、脇に入れば所々がはげた芝生になっている。雑草も多いし、けっこうなボリュームの落ち葉が散らばっている。そして自分たちは庭師に扮《ふん》している。

響は腹の底に力を込めた。命がけの演技を披露するのだ。

「掃除をするために来たんですよ。御覧の通り、雑草もたくさん生えているし、落ち葉も多いですからね」

「後ろにいるのは？」

「この子？　娘ですよ。ずいぶんな臆病者でねぇ、人と接するのが苦手だから、この通りなんです。それで、私らになんの用です？」

「黒髪の若い男と、四歳の子どもを見なかったか？」

「黒髪ぃ!?」

響が頓狂《とんきょう》な声で叫ぶように言うと、二人の衛兵は顔を顰めた。

「異世界人だ。庭師でもそんな話くらいは聞いているだろう？」

「いやぁ、そんなの知りませんよ。なんです、それ」

「お前に関係ない。とにかく若い男と男の子を見なかったか？」

「そんな変わった頭をした男なら、見たら忘れないでしょ。見なかったですねぇ。クリスティ、お前はなにか見たかい？　男の人とお前くらいの子どもらしいけど」

響の振りに、クリスハルトは背後から少しだけ顔を出し、激しくかぶりを振った。

「見てない」

「娘も見なかったみたいです。まぁ、私らも来たばかりで、これから道具を取りに行くところだったんでねぇ、周囲になんて気は回ってなかったですけど」

「そうか。今言った者を見たらすぐに知らせろ。褒美がもらえるかもしれないぞ」

「褒美ですか？　そりゃありがたい。誰がくださるんで？」

「ザイゼル様だ」

おい、と話していないほうの衛兵が止めた。不要なことは言うなと戒めている。

（ザイゼル……グリシャさんか。留守を預かっているから。でも）

昨夜、オスカーにしなだれかかっている様子を思いだし、響の中でグリシャへの不快感が高まる。

「もう行っていいですか？」

「ああ。かまわん」

響はクリスハルトの背に手をやって歩きだした。なんとか衛兵をかわして礼拝堂の裏に回ると、ホッと息をついた。ひとまず安堵する。それはクリスハルトも同じだったのか、響の服を掴んでいる手を離して深呼吸をしている。

「こっちだよ、えーっと……四つ目の扉……あれだ」

クリスハルトがいくつか並んでいる扉の一つをあけた。

中は納戸のようだが、一番端の戸棚をあけて下段に潜り込むと、クリスハルトは小さなノブを掴んで押した。

向こう側に通じる空間があり、クリスハルトは這ってその中に入っていった。が、すぐにターンして顔を出す。

「ヒビキ、着いたよ。ここが秘密の隠れ場所なんだ」

奥の空間に入ると、そこがなんの部屋か一目瞭然だった。

壁には絵画と幾何学《きかがく》模様の飾りが掲げられている。ベンチ型の椅子が二台置かれていて、ここで個別に祈りを捧げるのだ。

この礼拝堂は万が一の有事に備えて、いろいろな工夫が施されているのだろう。

「向こう側は礼拝堂の大広間だから、神父様に助けてもらえるんだ。このことは、絶対誰にも言っちゃいけないって父上に言われてる。僕が教えたのは、ヒビキだけだよ！」

「ほかに知っている人は？」

「ダバディかな。あとは知らない」

では、もしダバディが謀反を企てている者の一味であれば、確実にここで狩られるわけだ。しかしながら衛兵に響とクリスハルトを捜すように指示したのがグリシャなら、彼こそが怪しい気がする。もちろん響たちの安全を確保するために動いてくれている可能性も捨てきれないが。

（ダバディさんは前王の側近で、オスカーの縁係でもあったって言っていた。だから大事

なクリスの躾係も任せているんだ。現にディルクさんは、ダバディさんと懇意にしろと言っていた）

それに、と思う。

（僕やクリスの演技、演劇に感激してくれるし、衣装や小道具をあんなにたくさん集めていた。偏った考えかもしれないけど、僕は信じたい。反対に、グリシャさんはどうにも好きになれない。丁寧な話し方をするけど、なんとなくだけど、人を見下したような感じがするんだ）

脳裏にはオスカーに寄り添うグリシャの姿がある。

（オスカーの近しい人の中にいる謀反人……もしグリシャさんだったとしたら。彼は名代とはいえ、侯爵だし、妹を継室に推している。オスカーに失脚されたら困るはずだけど）

グリシャ自身がオスカーのことを好いていて、気に入られようとしているからか。

響は細く長い息を吐きだした。そして礼拝用の小部屋を見渡す。

ここで二人揃って隠れていていいのだろうか。誰も響たちの居場所を知らない。数時間程度なら我慢できるが、何日も、あるいは先が見えないならば難しい。

響は隠れているのはクリスハルトだけのほうがいいのではないか、という気がしてきた。庭師に扮した自分がクリスハルトの食料や水を運べばいい。二人で潜んでいたら共倒れになる可能性がある。

　今更ながらそのことに気づき、迷いが膨らむ。

（オスカーと約束した。僕は誓った。だけど……）

　去り際のオスカーを思いだして、ふと、彼の最後の口調が蘇った。くれぐれもって言ったあの時、強い力が込められ、まなざしも鋭かった。同時になにか言いたげな感じがしたのだが。

（絶対に傍を離れるな、念押しだと思ったから、僕は盛大に誓った。そんな僕が約束を違えてクリスの傍を離れるって、どれだけの人が考えるだろう。むしろ子どもを連れている若者ってほうが見つかりやすい。あの時、もしオスカーが周囲に思い込みを植えつけようと考えたのなら、あのやり取りはすごく効くと思う）

　響はクリスハルトの顔を見つめた。クリスハルトも大きな青い目で響をじっと見返してくる。

（クリスを一人にしていいのか？　危険だろ。オスカーが言葉通りの思いで言ったのなら、誓いを破った僕はオスカーの期待を裏切ったことになる。そればかりか、この国の大切な王子を危険にさらしたことになる。陽動作戦なら、最初からクリスは部屋に隠して、僕だけ目立つように逃げたらよかったのかもしれない。あ、いや、それもクリスの傍を離れる

んだからダメだ)

大混乱だ。どれが正解か、考えれば考えるほどわからなくなる。

(ここに、確実に来ることができるのはダバディさんだ。あとはわからない)

響はクリスハルトの正面に正座をした。

「よく聞いて。ここで、二人で助けを待っていても、危険の度合いは変わらない。クリスは神父様のところに行って、匿ってもらうんだ」

「ヒビキは?」

「クリスを追えないように、この周辺で見張っているよ」

その瞬間、クリスハルトの顔に動揺が走った
「不安だよね。僕もクリスを一人にするのは不安だ。オスカーにも、クリスの傍から離れないって誓ったから。でも、もしオスカーの敵にクリスが捕まったら、そう思うと、もっと不安なんだ」

「…………」

「隣の国が戦いの準備をしているからオスカーは出兵していったけど、宮殿内に悪いヤツがいることも、オスカーはちゃんと知っているんだ。ただ、オスカーに近い人らしくって、警戒を悟られちゃマズいから、それが誰か僕には話してくれなかった。だからきっと、僕

らを守ってくれる人を手配しているはずだ」

「ヒビキ……」

響はクリスハルトの小さな手を、両手でぎゅっと握りしめた。

「不安だよ。僕が生まれ育った場所では、こんな危険なことはなかったから、どうしていいかわからない。僕は剣も使えないし、頭もよくない。でも、クリスを守りたいんだ」

クリスハルトはじっと響を見つめた。聡い彼は響の言いたいことをきちんと理解したようで、頷いた。

「ここで待ってる」

「時々様子を見に来る」

「うん」

「きっと助けは来るから」

「うん」

クリスハルトの頭を撫でると、響は身を翻した。

「ヒビキ」

「なんだい？」

呼ばれて顔だけクリスハルトに向けると、彼は怒ったように口を尖らせている。

「王子の頭を撫でるのは、無礼なんだぞっ」

「え？」

「僕の頭を触っていいのは、父上とおばあ様だけなんだ。でも、ヒビキには許す。特別だからだ！　だから、絶対戻ってきて！」

次第に目が潤み、声が揺れていく。クリスハルトの大きくて青い目から、大粒の涙がぽろりと流れ落ちた。

「大丈夫だよ。クリスの頭を撫でられる名誉を与えられたんだから」

「うん」

響はもう一度クリスハルトの頭を撫で、今度こそ隠し部屋をあとにした。納戸で掃除道具を探して見つけ、響はそれらを持ってさっき衛兵たちに呼び止められた場所に戻ってきた。誰か近づいてこないかを確認しながら、落ち葉を集める。

（オスカーは謀反人が誰か知っていると言っていたんだ。おそらくこうなることを予測しているはず。だとすれば、ちゃんと手は打っているはず。きっと助けが来る。それが、グリシャさんなのか、ダバディさんなのか、あるいは別の人なのか、僕にはわからないけど）

オスカーの側近を一人一人思い浮かべてみて、響の思考はディルクで止まった。

——あいつはお前が邪魔なんだ。理由はわかるだろ？

(邪魔……グリシャさんは僕が邪魔。僕がオスカーに好かれているから。自分のポジションを奪われるから？　でも、僕という存在の出現と、クリスのお母さんの国が攻め込んでくる件は関係ないはずだ)

その時、稲妻に打たれたかのように、響は衝撃を覚えた。

——自分を守るためにも殿下の傍から離れないことだ。

ディルクの言葉が脳内に響く。

(僕がクリスの傍にいるからだ。グリシャさんは妹を嫁がせようとしている。妹が産んだ子が皇太子になるには、クリスが邪魔だ。そうだ。邪魔なのは、クリスなんだ。隣国に情報を渡し、オスカーを宮殿から引っ張り出してクリスと引き離そうとしてるんじゃないか？　だけどそうは言えないから、ディルクさんは僕とクリスをひっくり返して、グリシャさんにとってクリスが邪魔だと遠回しに——)

誰が聞いているか、わからないから。

響は首からさげているオスカーからもらったペンダントを、服の上からぎゅっと握りしめた。

その時。

「おい、そこの女」

背後から呼ばれ、ビクリと震える。だがここでビビってはいけない。庭師の女になりきって、ここには誰も来ていないとミスリードをしなければ。

響はそう思いながら、振り返った。

「——」

なんですか——とは、言えなかった。

「あ、の」

思わず声がもれた。目の前に、ニヤニヤと笑っているグリシャがいたのだ。

目が合い、その瞬間、バレたことを察する。

「麗しいお嬢さん、少々よろしいか？」

「………」

「許可が出るまで、宮殿内を歩き回らないように、とお触れを出しました。で、それを守らない者がいたら私に連絡するように、ともね。このお達しを守らないのは、指揮命令系統にて上司を持たない異世界人くらいでしょうから」

言うと、グリシャは腕をのばして響がかぶっている帽子をカツラごとはぎ取った。

「殿下はどこです？」

「………」

「殿下をどこに隠しました？　私は陛下から留守を預かっています。殿下の安全を守らないといけません」

響は下ろしている手を握りしめた。

「クリスにはダバディさんがいます。クリスの安全については、ダバディさんの役目のはずです。あなたの仕事ではないと思います」

グリシャは、ふふふっ、と笑った。

「言いますねぇ。部外者のくせに。あなたの言動に自由が与えられているのは、陛下のおかげであり、その陛下がいない今は、その効力は発揮しないんですよ。おわかりですか？」

「どうでしょうか」

「まぁ、こんなところで立ち話もなんですから、尋問部屋にご案内します。でもその前に、殿下の居場所を言いなさい」

響は鼻からゆっくりたくさんの空気を吸い、肺にいっぱいためてから、ゆっくりと同じく鼻から吐きだした。

「正直に言いますが、王妃の間で隠し通路の場所を見つけたのは僕だけなんですよ」

「嘘は通じない」

「僕はオスカーに誓いました。クリスの傍は絶対離れないって。それを逆手《さかて》に取って、別行動をすることにしました。子どもを連れた若い黒髪の男は目立ちますからね」

グリシャのこめかみがビクリと動いた。

「クリスは一人で元の部屋に戻りました。自分の部屋なら隠し通路の場所を知っているからって。僕はこの世界に来て、まだひと月も経っていません。この宮殿のことなどほとんどわかっていません。それに騎士でもない。彼を守るなんて不可能です。なら、一緒にいると思い込んでいる意識を利用して、別行動を取ったんです」

嘘八百だ。だが、これを信じさせる迫真《はくしん》の演技をしなければならない。

俳優は作り話の中で生きる登場人物になりきり、架空の物語を観客に見せて感動させるものだ。観客は作り話とわかっていても、演者の力量に魅了されて我を忘れる。今、この場は作り話ではないが、だからこそ信じさせなければならない。

響は目を閉じ、左手を腰に、右手の人差し指と中指を揃えて眉間にやった。そしてグイっと押しつつ、わざとらしく考え込む。それから手を離し、グリシャを見据えた。

「そもそも、どうして僕たちが部屋から逃げだしたか、あなたはどう考えているんです?」

「どうとは?」

「僕はあなたを疑っています。理由は、本当にクリスの身を守ろうとしていたら、ダバディさんがいないことに焦りを覚えるはずです。彼はクリスの側近中の側近であり、陛下の絶対的な信頼を得ている人だからです」

「………」

「それなのに、平然としているし、こんな場所まで出向いている。それはダバディさんを拘束しているから。邪魔されることがないからでしょう。陛下が留守にした途端に、こんな事態になるのはおかしいですよね。だって、こういうことが起きないようにするのが、留守を任されたあなたの役目です。大失態だ。でも、平然としている。あなたが陛下を宮殿から追いだし、クリスの命を狙っている張本人だからです」

グリシャは、ふふふっ、と笑った。

「よくもまぁそんなことを言えるものですね。愚かだ。おっと、間違った推理をしているという意味ではありません。自ら私の敵であると公言するところが愚か極まりない、という意味です」

「あなたは、僕が陛下の寵愛を奪ってしまったことが気に入らないのでしょ? だったら公言もなにも、最初から敵じゃないですか」

その瞬間、グリシャの端正な顔が醜く歪んだ。

「陛下の寵愛を奪っただと!?　なんと尊大で身の程知らずなんだ。厚かましいにもほどがある。この狼藉者《ろうぜきもの》をひっ捕らえよ！」

ザッと音がして、グリシャの周囲にいた衛兵があっという間に響を拘束してしまった。後ろ手で両腕を縄で縛られ、膝の裏側を蹴られて跪《ひざまづ》かされる。顔を上げた瞬間、頬に激痛が走った。

グリシャが拳で殴りつけたからだとわかった時には、響の体は地面に倒れ込んでいた。さらにそこに、腹部を蹴られる。

「うっ」

「貴様のせいで我々の計画が大幅に狂った」

「計画？」

響が身を起こそうとすると、衛兵の一人に後ろ襟を掴まれ引っ張り上げられてから、強引に座らされた。

「国王に取り入り、妹を王妃に据えて、クリスハルトを皇太子の位から退ける。我がザイゼル侯爵家が縁戚《えんせき》になって権力を手中に収めるはずだった。それなのに、クリスハルトは国王の目の届く隣の部屋に移動し、興味も貴様に移ったことで夜も寝室から退けられ私の話を聞かなくなった。やむなく予定を早めねばならなくなった」

「戦《いくさ》もお前が仕組んだのか!?」

「戦など起こらない。セルフィオス側の兵を掌握《しょうあく》しているドルドリ伯爵とは、辺境伯が常に情報を共有し、調整済みだからだ」

「じゃあ、陛下はっ」

「辺境伯の手勢から背中をひと刺しだろう」

「――――」

「国王が戦死したならば仕方がない。王子はまだ幼い。国王の信頼厚い我がザイゼル侯爵家がしっかりと支えることになるだろう。なぜなら、我が妹は出兵に際して秘密裏に国王と婚姻関係を結び、王子の継母になったのだから。クリスハルトは私の甥として、大事に育てることにする」

「そんなこと、誰も信じないだろう！」

「私はオスカー・ヴィルヘルド・ヘンドリック国王の腹心で、留守を預かるほどの存在なんだ。そう、陛下の寝室への出入りが自由なほどの。その私が公に発表すれば、誰も文句は言えない。異世界人の貴様は不要だ。今ここで、処分してやる」

「お前こそ、反逆じゃないか！」

「ここには私の息がかかった者しかいない。そして貴様はすぐに死ぬ。誰も我々の話など聞いていない」

　グリシャは右手を挙げた。

「この者の首をはねよ」

　ハッ、と衛兵たちの声が上がった。と同時に、肩を掴まれて下に押される。響はぎゅっと目を閉じ、歯を食いしばった。

　絶体絶命――その言葉が脳裏に浮かび、思考を支配した。

（？）

　いつまで経っても剣は振り下ろされない。響は不思議に思ったが、怖くて顔を上げることができなかった。

　突然、目の前に砂埃が起こった。

　グリシャが倒れ込んだのを見て驚き、響は慌てて顔を上げた。

（え？）

　オスカーが見下ろしている。その隣には長剣を抜いたディルクがいる。さらに二人の後方にも騎士たちが控えている。

（どういうこと？　だって、今、国境沿いの砦《とりで》に……）

深い藍の瞳がじっと響を見つめている。その口元、口角が少し上がっていて、微笑んでいる。胸の奥がジンと熱くなった。

「なぜ……」

と、グリシャが言う。

「なぜ？　簡単なことだ。国境に向かったのは将軍たちであり、私自身はずっと離宮に潜んで、この機を待っていたということだ」

オスカーが連れていた精鋭部隊の騎士たち。みなオスカーと似たような体格で、国王ほど豪華ではないが似たような色合いの甲冑を身に着けていた。

兜には目の下まで隠す仮面がついていたので、確かにあれを被られたら誰がオスカーかわからないだろう。

「すべてしっかり聞かせてもらった。自らの罪を声高らかに述べた上に、他者に暴力を振るったのだから、言い逃れはできんぞ」

「オスカー様！」

「お前に名前で呼ばれるたびに虫唾《むしず》が走ったが、それも今日までと思うとホッとするというものだ。お前が仮病の父親と共謀《きょうぼう》し、辺境伯たちを巻き込んで謀反の計画を立てていた

ことは、早い段階からわかっていた。しっぽを掴むために泳がせていた」

「………」

「どうやって炙りだそうかと思案していたが、異世界人の登場で事態が動いたな。異世界人の出現は吉兆だと言い伝えられている。私にとってはまさしく吉兆だった。焦ったお前の負けだ」

グリシャはグッと奥歯を噛みしめたかと思うと、兵士が落とした長剣を拾ってオスカーに斬りかかった。だが、その剣先はオスカーに届くことなく、ディルクによって一瞬で弾き飛ばされた。

「往生際《おうじょうぎわ》が悪い。続きは場を変えて行う。引っ立てろ！」

グリシャとその配下の衛兵たちが縄にかけられて連行されていく。響はそれを呆然と見送った。

殺される、そう思ったのに、すべてが一瞬のうちに逆転してしまった。

「ヒビキ、お前にも話がある。だがその前に、クリスハルトはどこにいる？」

「礼拝堂です。隠れ場所があるからと、裏の納戸から入って、祈祷用の小部屋に潜んでいました」

「そうか。おい、お前たち、聞いた通りだ。礼拝堂へ行って、クリスハルトを連れてこい」

騎士四名が礼をして礼拝堂に向かった。

「ヒビキ、行くぞ」

「はい」

響はオスカーに追随した。

12

数時間が経った。宮殿内は上を下への大騒ぎだった。

ザイゼル侯爵の名代として宮殿に参内し、ヘンドリック王のお気に入りとして傍から離れず、その権力を謳歌《おうか》していたグリシャ・ダール・ザイゼルが国家転覆《てんぷく》を謀《はか》って逮捕されたのだから当然だ。

首謀者はザイゼル侯爵一族とマルドゥーク・オークレット辺境伯、そして隣国セルフィオス王国の国境を守っているルルー・ドルドリ伯爵。

だが、オスカーは至って平然とし、見るからに余裕があった。それもそのはず、セルフィオス王と緊密に連絡を取りあい、彼らの主張や提案を受け入れて、すっかり信じているふりをして泳がせ、証拠の収集と一網打尽のチャンスを窺っていたからだ。

ドルドリ伯爵が従える軍は、グロスフルグ王国と事を構えるために国王から与えられたものではなく、伯爵を監視するためのものだった。それと同じように、オスカーもザイゼル侯爵とオークレット辺境伯の動向を注意深く観察していた。

響の登場によって焦ったグリシャが実家に帰り、侯爵とどう動くか相談していたことも把握していたし、その調査は国王付きの護衛士であるディルク・フェルザー自らが行っていた。

オスカーが宮殿の敷地内でグリシャを捕らえていた同じ頃、ザイゼル侯爵家やオークレット辺境伯のもとにも兵が送られていて、一斉逮捕が行われていた。

響はオスカーの傍で状況を見ていたが、自身がなにか追及されることはなかった。

ダバディはグリシャの手の者に一度は拘束されたものの、先代から宮殿で過ごしている百戦錬磨の宮廷人である。すぐに脱出し、礼拝堂にはせ参じていて、オスカーに命じられた騎士たちが向かった時には二人で潜んでいた。

そのクリスハルトは、早々にダバディが助けに来て傍にいたので落ち着いていたものの、響とオスカーの顔を見るや否《いな》や大泣きして止まらず、やがて泣き疲れて眠ってしまった。

やせ我慢していたが、やはり怖かったのだ。

取り調べは遅くまで行われたが、時計が十時を示すといったんお開きとなった。そして今、響はオスカーの私室で二人きりという状況で、今日一日の行動を説明していた。

その目は潤み、声は弱々しく、小さく震えている。

「ごめんなさい。本当に、すみません」

何度も何度も謝るものの、オスカーは終始無言で、ただじっと響を見つめるだけだった。

その目が怖い。いや、怒られることが怖いのではない。オスカーの不興を買い、嫌われてしまうことがたまらなく恐ろしかった。

「絶対にクリスの傍を離れないと誓ったのに。約束を破って、裏切ってしまいました。すみません、すみません」

まるで追い詰められて震えるウサギのような響に向け、オスカーは大きく息を吸い込んでから、ようやく口を開いた。

「ヒビキ、すまないが、謝らないでほしい。俺が言葉に窮しているのは、お前がクリスハルトの傍を離れたことを怒っているからではないんだ」

「……え」

「むしろ、謝らねばならないのは俺のほうなんだ。でも、真摯《しんし》に謝っても、お前が俺を許してくれるか心配で、どう説明したらいいのか、悩んでいるからだ」

響はオスカーの言っていることが理解できず、きょとんとなっている。

一方で、オスカーは言葉通り心底困っていると言ったふうに、眉尻《まゆじり》を下げていた。

「俺は情報収集を行い、グリシャが実父の侯爵と辺境伯とで権力掌握を謀っていることを知っていた。ヒビキにも一部話しただろう」

「ええ、はい。聞きました。僕から情報がもれてはいけないから、言えないって」

「正確には、ヒビキが意識することによって相手に気づかれることを恐れた。一言、俺がヒビキに、謀反人はグリシャだと言えば済んだことを、わざと言わなかった」

「それは仕方がないことで」

オスカーは叫ぶように、違う、と言って響を遮った。

「違うんだ、ヒビキ。そうじゃないんだ。ザイゼルどもは俺を宮殿から追いだし、その隙を狙ってクリスハルトを捕らえようとしていた。俺が戦死しなければクリスハルトを殺害し、戦死したらザイゼル嬢の継子《ままこ》として、摂政《せっしょう》に就《つ》こうと画策《かくさく》していたんだ。俺はあいつらのしっぽを掴むため、策が順調であると慢心《まんしん》させようとした。自ら露呈《ろてい》させるために」

そこまで言われ、響はようやくオスカーが言わんとしていることを察した。

「僕を、囮《おとり》にした、ということですか？」

反省一色に染まっている深い藍色の瞳を、響は見返した。

「……すまない」

オスカーが拳を左右それぞれの膝の上に置き、頭を下げる。

「一つだけ、聞かせてください。あの夜、キスと指輪を交換したあの夜の話は、真実なんでしょうか。それとも作り話だったんでしょうか」

震える声で問うと、オスカーは顔を上げ、曇りのない目で、まっすぐ見つめてきた。

「真実だ」

「だったら、謝らないでください。僕はあなたの役に立てたということでしょう?」

「そうだ。大いに」

それを聞いてホッとする。恐怖と緊張で引きつっていた響の顔が緩み、ようやくうっすらとだが笑みが浮かんだ。

「役に立てたのなら、よかったです。なにをどうしたらいいのかわからないし、誰を信用したらいいのかもわからず疑心暗鬼になっていました。クリスを助けたい一心でした。勝手な判断でクリスを連れだし、最後は祈祷《きとう》部屋に一人にしてしまった。間違いだらけのような気がして……不安だった。それに、あなたに失望され、見放されるのが、とても怖かった」

最後は涙声になっていた。響は鼻をすすってから視界が滲んでいることに気づいて、手の甲で目元をぬぐった。

オスカーが、ヒビキ、と名を呼んだ。

「俺はお前を囮にした。宮殿内はグリシャの指示下にありながらも、そうするように命じていた。庭園内には衛兵を潜ませ、万が一に備えていた。それは事実だ。だが、誤算もあった」

「誤算？」

「ダバディが拘束されたのは想定外だった。クリスハルト付きのメイドたちすべてが近づけなくなったのもそうだ。そこはグリシャの行動が早くて、一本取られた形だった。だから抜け道を教えていなかったことを悔やんだ。ヒビキが機転を利かせ、クリスハルトを連れだしてくれたことは、本当に感謝している」

オスカーが一度言葉を切って響の様子を窺っているのがわかったけれど、言葉が喉に引っかかってなにも返せない。ただただ見返すだけだ。

「拘束後のダバディの行動もありがたい想定外だった。自力で脱出し、部屋に戻ったらもぬけの殻で、トイレにある隠し扉が開いているのを見て、すぐに礼拝堂に行ったと察したそうだ。俺は今回の計画には自信があった。だが、みなが機転を利かせつつ、事を運んでくれたから一網打尽にできた。その最たるものがヒビキだ」

「それは……」

「いや、間違いなくヒビキだ。意図せず、望まず、この世界に放り込まれただろうに。首謀者たちを動かし、陽動することができた。ヒビキが来てくれ、惜しみなく協力してくれたからグリシャは焦ったんだ。感謝してもしきれない。それに、我が国に演劇という新たな文化を与えようとしてくれている。俺は楽しみにしているんだ。演技をしているお前の姿を見ると震える。輝いていて眩しいし、俺をどこか遠くの素晴らしい世界に連れて行ってくれるような気がする。素晴らしい！」

両手をぎゅっと握りしめて訴えてくるオスカーに、ジンと熱くなる。半ば呆然となっている響に、オスカーは手をのばし、頬に触れてきた。

そして、最後に、と続けた。

「ようやく想っていることを口にすることができる。あの夜、言いたくても言えなかったことをだ。ヒビキ、まだ出会ってひと月も経っていないが、お前のことが好きだ」

「――――」

告白に、言葉を失う。響は息をのんだまま固まってしまっていた。

「異世界人の出現は吉兆、この国ではそう言い伝えられているが、今まで我が国に異世界人が現れた記述はない。どんなことが起こるのかはまったくわからない。だが、俺自身に『吉《きつ》』が訪れたと確信している。俺に、生まれて初めて心から愛しいと思える存在が現れた。それにクリスハルトも慕っている。未来に心が躍る。ヒビキ、この世界に、俺たち親子の傍にいてもらえないだろうか。俺はお前の世界に、お前を帰したくない。お前を離したくない」

　響の目から大粒の涙が一つ、ぽろりとこぼれ落ちた。

「ヒビキのことを考えると、身も心も落ち着かなくなる。体の奥底からどうにもできない衝動が湧いてくる。好きで好きで、どうしようもできない」

「僕を、好きと言ってくれるんですね」

「何度でも言う。ヒビキが好きだ」

　あの晩、聞けなかった言葉が聞けて感動に胸が震える。

　一粒だった涙が、無数に流れ落ちた。オスカーの顔がゆっくりと近づき、涙の一粒を舐めとる。

「ヒビキは、俺のことをどう思っている？」

「好きです。僕も、あなたが好きで好きで仕方がありません」

「俺の恋は実ったと思っていいな？」

「はい。初めてあなたを見た瞬間、射抜かれたように思いました。なんて凛々しくて、雄々しいんだろうって。王様ってこんなに威厳があって、周囲にいるみんなが畏怖《いふ》をもってひれ伏している。なんて、すごいんだろうって。でも」

「でも？」

「だからこそ、僕のような、演技をするしか能のない人間を、想ってもらえるわけがないって……」

「好きだ」

「僕で、いいんですよね？」

「ヒビキでないとダメだ。俺もクリスハルトも、お前でないと満たされない」

ゆっくりと、ためらいがちに、響は手をのばした。オスカーの体を抱きしめる。逞しい胸板に顔を押しつけて目を閉じ、体全体でオスカーを感じる。

「僕のすべてを、あなたとクリスに捧げます。あなたを愛し続けることを、お許しください。僕の、王様――」

続きは言えなかった。体を引き剥がされたからだ。その際、一瞬だけ目を開けたが、顔が近すぎて戸惑い、またすぐに閉じた。

唇にやわらかなものが触れ、リップ音をさせながら何度も唇を吸い摘まれる。それから グッと圧《あつ》がかかった。わずかにあいた隙間から舌が侵入してきて口内を縦横無尽に動き回る。

呼吸ができず、苦しくなってきて、オスカーの服を握りしめる響の手に力がこもった。

「……ん、ぅ」

呻くような声がもれると唇が少しだけ離れた。

「ふ、ああっ」

反射的に息を吸い込むと、空気が一気に肺に流れてきて逆に苦しい。そんな響をオスカーはぎゅっと力を込めて抱きしめてきた。

「オス、カー」

「ああ、ダメだ。かわいくて愛しくて、どうしていいかわからない」

「…………」

「放したくない」

「どうしてもらってもいいです。僕も、離れたくない」

しばらく見つめあい、どちらからともなく顔を寄せ、再び唇を重ねる。

今度のキスは響が受けるだけのものではなかった。響も積極的に求め、舌を絡めあわせる。

欲する気持ちが互いを掴む手に表れ、握りしめる力が強すぎて服に大きな皺が寄っていた。

「あ……」

響は濃厚なキスとオスカーの体温に体の昂りを感じてブルリと震えた。

ゾクゾクと背筋を欲望が駆け抜けていく。それに呼応するように、全身がますます熱くなって、鼓動が激しくなってきた。

「ヒビキ、行こう」

どこへ、とは聞く必要はなかった。オスカーも同じものを求めているのだ。ただ、頷いて従うだけだ。

だが、恋が成就した喜びと、愛しい人に求められる感動に頭の中は真っ白で、響は自分がどうやって寝室まで行ったのか、まったく覚えていなかった。

気づけば全裸でベッドに横たわっていて、目の前には響の体に馬乗りになって詰め襟に指をかけ、脱ごうとしているオスカーがいた。

（かっこいい）

よく女子が好きな男の仕草で、ネクタイの結び目に指をかけて引き抜く様子がかっこいいと言っているのを耳にする。今までは気にしたこともなかったし、オスカーの着ている服は軍服で詰め襟だが、わかる気がする。確かに男の色気が立ち込めていてかっこいい。

オスカーは上着を床に脱ぎ捨てると、続けてシャツに取りかかった。

首元のボタンを外す仕草も、袖のボタンを外す仕草も、どれも色っぽい。シャツも脱ぎ捨てると、下に着ているアンダーだ。

（これも、女子に人気だった）

X《エックス》脱ぎ、というヤツだ。腕をXに交差させてシャツの裾を掴み、一気に持ち上げて脱ぐ仕草だ。

「あ……」

「どうした？」

「うぅん、なんでも」

胸筋や腹筋が見事に割れている。毎日公務で忙しいというのに、しっかり鍛えているところがすごいと思う。同性の響でさえ見惚れてしまう。

オスカーはソフトなタッチで響の額を撫で、スッと指を滑らせて頬に触れる。次は唇だ。

上唇に指の先を乗せたかと思えば、左右に揺らして質感を確かめている。

ただこれだけのことなのに、響の背筋を妖《あや》しい欲望が駆け抜ける。

次を期待して。

次を求めて。

縋るようなまなざしをオスカーに向けるも、自分ではわからない。

「は、あ……」

たまらず熱い吐息がもれた。

「ヒビキ」

「はい」

「ヒビキ」

「はい。……？　なに？」

名前を呼ぶもまったく動かないオスカー。不思議に思って、首を少し傾げて問いかけると、オスカーはふっと笑って額にキスをした。それから瞼、鼻のてっぺん、頬に続けてキスし、最後は耳に流れた。

「ん、あっ」

耳たぶを甘噛みされると意図せず声が出た。自分でも艶《つや》やかすぎて恥ずかしくなる。耳の中に侵入してきた舌先のタッチがあまりに心地よかったので、よりたくさん感じられるように響は目を閉じた。

「耳が好きか？」

耳元で囁かれ、吐息がかかる。ますます全身がゾクゾクとわななく。響は無意識に腕をのばし、オスカーの背に回してしがみついていた。

「い、い……気持ち、いい」

「ん」

「それに、心地いいん、で、す」

「なにが?」

「あなたの、声……低く響くのに、澄んでいて、のびる」

そうか、と声を殺して囁く。それが響の奥底を強く刺激した。

「これは?」

温かくてやわらかい唇は耳から離れてうなじに落ちる。首の後ろなど誰かに触られたことがなかったので、驚きながらも感じてしまう。血液が下半身に集まっていく。

(ダメだ、なんか、ダメだ)

焦りにも似たなにかが湧いてくる。行くべきなのか、引き下がるべきなのか。

(待って、待って待って、行くとか、引き下がるとか、なに? イキたいに決まってるだろ)

目を開くとオスカーの精悍な顔がある。吸い込まれそうな藍色の瞳。光のように輝く金髪。そのどれもが美しすぎて響を魅了する。

「あっ」

力強い大きな右の手が響の胸の上に置かれ、赤くしこった乳頭をつまみ上げた。

「んんっ」

左の手は響の左足、太ももの内側をまさぐっている。撫でながらゆっくりと付け根に向かって動いていて、二か所から波状のように心地よさが押し寄せてくる。

（ちょっと触られたくらいで、こんなに）

摘まれていたはずの乳頭は、いつの間にか甘噛みされていて、甘やかな刺激はビリビリと刺すようなものに変わっていた。

オスカーの両手が円を描きながら腰をこするように撫でている。オスカーの舌が乳頭から腹の上に移動すると、今度は左の乳頭を指で摘まれ、右手でペニスを掴まれた。

「ひっ」

それまでじれったいほどゆっくりだったので、いきなり核心を握られて驚いた。

性急な攻め込みに戸惑いながら、響は何度もかぶりを振る。

ガシガシと激しく扱かれて一気に高まる。

響はシーツを鷲掴みにして耐えようとしたが、抗いようのない強烈な快感が怒涛《どとう》のごとく押し寄せて、喜悦が我慢を凌駕《りょうが》していく。

「あっ、あっ、あっ、あっ！」

もう限界だ――頭の深いところでそう思ったのだが。

「！」

オスカーは響のペニスを右手で掴み、咥《くわ》えている。

自らのもっとも敏感な部分が、オスカーの口の中でもう一段大きく膨れあがった。

「ふああっ」

唇と舌で舐めしゃぶられて、限界が来た。

「出る！」

するとオスカーが咥えたままコクコクと頷いた。それを見た瞬間、響は必死で我慢していたものを解き放った。

「はあ……はあ……」

荒い呼吸を繰り返す。何度めかからは少しずつ落ち着いてきたけれど、体の中で高まった興奮がすべて収まったわけではない。むしろ解放したからこそ、自分を掴んでいる力強い手のぬくもりを鮮明に感じることになった。

「少し楽になったか？」

「……オス、カー」

「愛《いと》しいな」

「…………」

響は息をのんだ。慈しみの言葉は優しいが、彼の目は飢えた野獣のようで鋭く光っている。食《く》い殺されるんじゃないかという恐怖が響に激しい欲望を与えた。

(食われたい。このままこの人に、めちゃくちゃに食い尽くされたい)

全身が武者震いに包まれ、言葉が口を衝《つ》いて出てきた。

「して」

その言葉にオスカーが反応した。

響の熱の塊を握りしめる手に力が込められた。だがすぐに手を離したかと思うと、両足首を掴んで肩に引っかけた。当然、響の腰が浮き、恥ずかしい場所があらわになる。

オスカーはヒクヒクしている深みへの入り口に指を挿入した。

「うぐっ」

快楽に酔っていた体がいきなりの鋭痛にギクリと跳ねる。

「あああああ……」

周辺をこれでもかと突かれていくうちに、刺すような痛みは鈍いものに変わっていく。

やがてあまり感じなくなった。

響の呼吸が安定してくると、指先が奥へと進み、また痛みが復活する。それを何度も繰り返していくうちに、指先はかなり深い場所まで到達していた。

そして——

「はぅっ！　そ、そこがっ」

ひどく痺れる場所が暴かれ、息ができないほど快感の嵐が吹き荒れる。欲望は際限なく高まっていく。

「は、早く、イキた、い」

「まだだ。もっと感じろ」

「む、り……もう……ま、た、イキ、そう」

「まだお互い痛い。ヒビキ。もう少し頑張れ」

「ムリ、だって……早く、つれ、て、いって……」

響が熱に浮かされたような、朦朧《もうろう》とした口調で言った。

「どこへ行きたいって？」

「オスカーの、せ、かい」

「俺の？」

「つながりたい」

「そうか、俺もだ」

オスカーは指を抜き、腹まで反り上がった亀頭《きとう》を後孔《こうこう》に押し当ててくる。

「余裕がないのは、こっちのほうなんだが」

はあ、とオスカーが熱っぽい吐息をつき、それから腰を押しつけた。

「ひやっ、やあぁぁっ！」

グン！　と勢いよく突かれて、強烈な刺激が起こる。響は反射的にシーツを鷲掴みにした。

「オ、ううぅっ」

突っぱねた足がヒクヒクと小刻みに痙攣《けいれん》し、背が大きく反って弓を描く。

体の深いところからビリビリとした痺れが全身に向けて駆け抜けていく。

みっちりと埋められているオスカーの証がドクドクと激しく滾《たぎ》っているのが伝わってくる。

響は言葉にできない多幸感に包まれた。

「熱いな。焼き尽くされそうだ」

「それ、こ、っち……ぼ、くが、燃え、そ、う」

「お互い様だ。動くぞ」

うん、と顎を引く。声を出すのがつらい。

「ああ！」

オスカーが腰を動かし始めた。

「い、いっ、すごく、いい……あうう」

ぬちゃぬちゃと音を立てつつオスカーが抽送《ちゅうそう》を繰り返す。

性感帯が歓喜し、めまいが起きるほどの悦楽が押し寄せてくる。

とめどない官能の波状に響はのけ反り、全身で享受《きょうじゅ》していた。

「すごっ、ああっ、ああっ、ああっ！　いいっ、もっと、もっとぉ！」

わずかな隙間もなく、ぴっちり詰まって密着している性の部分がこすれあって高めていく。オスカーのストロークは長く、そのため深く突いてくる。

抽送のたびに体がぶつかって、二人の汗が飛び散り、大きな音が部屋中に広がって響いている。

「ヒビキ！」

「オスカー！」

二人ともに名を叫び、どちらからともなく手をのばして、指を交互に絡ませてしっかりと掴みあった。

「イク！」

爆《は》ぜる。

響きの頭に、その言葉が浮かんでスパークした。

二人はベッドの上に崩れ落ちて弛緩《しかん》した。

はあ、はあ、と肩で息をしている。

「響、大丈夫か？」

「だい、じょうぶ……」

「痛くないか？」

「ちょっとだけ。だけど、平気」

「俺の世界はどんな感じだった？」

響の顔が赤く染まった。

「幸せ——あ」

いきなり両頬を挟まれたかと思ったら唇を塞がれた。

啄《ついば》むようなキス。ちゅっちゅっちゅっとリップ音がひどい。

「んん……」

最後はちゅうっと響の唇を吸い上げる。離れると二人して大きく息を吸い込んだ。

「オスカー」

「ん？」

「あの、恥ずかしいんだけど」

「ああ」

「もっとしてほしい。もっとつながっていたい」

「いい子だ」

オスカーはうれしそうに笑うと、響をひっくり返した。その反動でベッドが大きく振動する。次に腰を持ち上げて、響を四つん這いにした。

響はその状態で顔だけ振り返りオスカーに向ける。

「後ろからするの？」

「そうだ」

響きは枕を抱きしめた。

「どうした？」

「なんか、すごく緊張する」

「緊張？　どうして？」

「だって……オスカーの顔が見えないから」

オスカーが見えない分、オスカーに見られない分、自分を制御できずに激しく乱れてしまいそうで不安だった。

「入るぞ」

さっきよりも簡単に侵入してきた。ズルっと奥まですんなりとやってくる。

「うううー」

響は唸った。抽送もそうだが、オスカーがペニスを握っていて、強弱の圧をかけてくるからだ。

快感はあっという間にやってきた。

さっきと違って頭を上げている分、くらくらする。めまいがひどい。

「ダメだ、ヘンになりそうっ！」

目をあけるとチカチカする。

意識が途切れ途切れになって、揺れている。

危険で卑猥《ひわい》な誘惑が、響から理性を捥《も》ぎ取っていく。

「そこ、いいっ。もっと！」

性感帯が思いきりこすられてわななき、強い快感に襲われた。

「ひっ！」

深い場所は乱され、このまま昇天してしまいそうだ。

さっき嫌というほど感じて達したのに、まだ求めるのかとも思うほど、欲情して淫《みだ》らに腰を振っている。

パンパンパンと大きな音がして、自分の体が前に弾かれているが、どうすることもできない。

頭は真っ白で、なにも考えられない。

響は無我夢中で叫び、浮上していく感覚を味わった。

「来る！」

ない。
さらに大きく押し上げられ、響は顎を突きだし、口をあけた。だが、息をすることがで
「もう！　もう！　イク！　くぅっ」
きなかった。ハクハクと口だけ動かしている。
それからぎゅっと目を閉じた瞬間、膨れ上がった快感がパン！　と弾けたのを全身で感
じた。その瞬間、虚脱感《きょだつかん》の中で急降下する。
全身から力が流れ去っていくのを、呆然とする中で感じていた。
視界がぼやけている。このまま緩んだ中に落ちていきたかったが、まだ揺さぶられてい
ることで、内部《なか》にオスカーがいることに思い至った。体勢が崩れないように四肢《しし》に力を込
めた。
「くぅ」
後ろから苦しげな声がして、オスカーが放ったことを察した。

太ももを熱いものが流れていくのがわかる。

そこに空気が触れるとひやっとする。

互いに達し、想いを遂げたと思うと、意識がふっと途切れた。

「ヒビキ」

「………」

「ヒビキ、大丈夫か？　ヒビキ」

誰かが呼んでいる。自分の名前だということはわかる。それなのに、声の主が誰なのかがわからない。

（誰？）

心地いい声で、ずっと聞いていたいと思ってしまう。

「ヒビキ。眠ったのか？　今日は大変だったものな。それなのに、遅くまでつきあわせてすまなかった。ゆっくり休んでくれ」

（待って、行かないで。もっと、聞かせて）

気配が動き、去ろうとしている。響は咄嗟に手をのばして掴んだ。

「ヒビキ？　起きているのか？」

今度は気配が近づいてくる。響は捉まえようとして、もがいた。

（そうだ、オスカーと……僕らは、結ばれたんだ）

ぱちりと目を開くと、響の顔を覗き込んでいるオスカーの藍色の瞳とぶつかった。

「行かないで」

「眠ってしまったのかと思った」

「オスカー、気持ちよくイケた？」

「え？」

「だから、僕を相手にして、気持ちよくイケた？　僕ばっかり気持ちいいのは嫌だ。一緒に感じたいから」

するとオスカーがうれしそうに笑った。

「最高だったぞ」

「！」

「これからずっと一緒だ。それを思うと、うれしくて仕方がない」

「僕、も……僕、もです。あなたの傍にいられることが、幸せで仕方がないです。好きで好きで仕方がない」

「ああ、俺も好きで好きで仕方がない」

顔を寄せ、そっと口づける。そしてまた互いを抱きしめあった。

13

「ヒビキ！」

クリスハルトが顔いっぱいに笑みを湛えて駆けてきた。そして思いっきりジャンプをして、響の胸の中に飛び込んでくる。

響はそれを受けとめ、抱きしめた。

「おはよう、クリス」

「起きたらヒビキがいなくてびっくりした。ダバディが、ヒビキは父上と大事な話があって遅くまで話しあっていたから、そのまま父上の部屋で寝たんだって教えてくれた。だから安心したんだ」

一瞬、ドキリとするが、それは正しい。

「うん。いろいろあって昨日は疲れたし、そもそも陛下の部屋を訪れたのも遅かったしね。でも、うん、とってもありがたいお話をもらったよ」

「ずっとこのままこの国に留まって、クリスの傍にいていいって約束をもらったんだ」

「どんな？」

　クリスハルトの目が大きく見開かれた。

「ヒビキ、自分の世界に帰らない？」

「うん」

「帰り方がわかっても？」

「帰り方を探さなくていいって言ったんだ。だから、帰り方がわかることはないよ。僕はクリスと陛下の傍にいて、この国に演劇を広めようと思うんだ。クリス、手伝ってくれるよね？」

「手伝う！　僕も演劇をたくさんの人に広めたい。すごく楽しいもん！　見るのも、するのも！」

　クリスハルトの声は弾み、目が輝いている。彼の喜びのほどが伝わってきて、響は胸の奥がジンと熱くなるのを感じた。

「あのね、名案があるんだ」

「名案？　どんな？」

「僕とヒビキだけじゃ足りないだろ？　ダバディにもやらせたらいいと思うんだ！」

「え？」

思わず傍に立っているダバディに顔をやると、彼は困ったように首を傾けている。

「いや、それはどうだろう」

「どうして？　ダバディはずっと僕たちの演技を見ていたんだよ？　ヒビキの話も聞いていた」

「そりゃそうだけど……」

「ダバディだけじゃなく、アンナもリリカもノエリーも、舞台に出したらいいんだ」

三人のメイドは三人三様の表情だ。一人はダバディのように困り顔をしている。一人は無表情だが、明らかに嫌がっている。最後の一人は目を輝かせているので興味があるのだろう。

「希望者はいいけど、無理やりはダメだよ」

「そうかなぁ」

「こういうのはやる気が大事だからね」

クリスハルトは響が名案に飛びついてくれないのが不服なのか、口を尖らせている。

「でも、俳優はたくさんほしいから、これからスカウトしていこう」

「なんのスカウトだ？」

急に後方から声がして、振り返るとオスカーが部屋に入ってくるところだった。その後ろにはディルクが付き従っている。

「これから演劇を広めていくにあたり、演じる俳優が必要なので人材確保をしないといけないって話していたんです。でも、望んでいない者に無理強いはできませんからね」

「なるほど」

「ねぇ、パフィーネはどうかな」

クリスハルトが言うと、ディルクが目を瞬いた。

「舞台には女の子もいるんだ。パフィーネも誘ったらどうかな。ディルクの子なら安心でしょ？」

響とオスカー、それだけではなくダバディやメイドたちの視線も、一斉にディルクに向けられる。ディルクは何度も目を瞬いているが、無言に徹《てっ》している。

「どうだ？　ディルク」

オスカーにまで聞かれ、さすがに口を開いた。

「俺に聞かれても困りますが」

「子役はたいてい親の意向から始まるものです。やっぱり幼い子は、自分からって難しいんですよ」

と、響は正直に、いや、多少の意地悪がはいっているかもしれない、微妙な感じで口を挟むと、ディルクは視線を逸らした。

「ディルク、親の意向としては、どうだ？」

「……陛下、勘弁してください」

「どうしてだ？　クリスハルトが言うように、お前の子ならいろいろ安心だろう。こういうことは、贔屓にしたとか、目をかけているとか、貴族どもはなにかとうるさい。その点、お前なら誰も文句は言わないだろう」

「わかりました。言っておきます」

「よし、一人確保だな」

「話をしておくと言っただけで、参加するかどうかは決まっていませんよ。まったく」

ドッと笑いが起きた。

「それにしても、陛下、ずいぶんと清々しいお顔をなさっておられますなぁ」

ダバディがうれしそうに言う。目がそれを物語っている。響は彼が前王の側近で、オスカーの躾係だったことを思いだした。

ダバディにとっては我が子同然の、慈《いつく》しむべき存在なのだろう。

「そりゃそうだろう。やむなく傍に置いていた不快極まりない存在が消えたのだから。明けても暮れても傍から離れず、厚かましく寝室まで踏み込んでくるのだからな。挙げ句の果てには、ベッドにまで潜り込もうとするから、阻止するのに苦労したんだ。まったく」

「グリシャって怖がりなの？」

「怖がり？　どうして？」

　クリスハルトの質問に響が問い返す。クリスハルトは口をへの字に曲げた。

「だって、父上のベッドに入ろうとしたんでしょ？　一人じゃ怖くて寝られないなんて、大人なのにみっともないよ」

　なんて言うものだから、みな一斉にギョッとなった。が、すぐに笑いに変わる。

「怖がりかどうかはわからないが、みっともないことは確かだな。これからはもう少し自分の時間が持てるだろうから、クリスハルトの演技をもっと長く鑑賞できる。楽しませてくれ」

「はい！」

　クリスハルトの元気のいい返事が部屋中に響いた。

「クリスハルトの五歳を祝う誕生祭が半月後に行われる。皇太子として認められる大切な場でもある。演技の練習だけではなく、皇太子としても励まなければならない。いいな、クリスハルト」

「はい！」

今度の返事は、先ほどとは異なって緊張感があった。

オスカーのまなざしや口調が変わったことを感じ取ってのことだろう。

オスカーは力強く頷き、クリスハルトの頭を撫でた。

「では、私は公務に向かう」

オスカーの言葉に、ディルクを除くその場にいる者たちが恭《うやうや》しく頭を下げた。

「いってらっしゃいませ」

ダバディが声をかける中、オスカーとディルクが歩きだし、二人が進むタイミングに合わせて両脇に控えているメイドたちが扉を開く。

オスカーは部屋から出る際、ふと立ち止まって振り返った。そして響に向けて軽く手を挙げてから去っていった。

響は胸を押さえながら愛しいその背を見送った。

そこには与えられた指輪がある。揺るぎない絆の証だ。

（僕は、この世界で生きる。二人を愛し続ける）

エピローグ

半月が過ぎた。今日はクリスハルトの五歳の誕生祭が行われる日だ。

グロスフルグ王国では五歳から正式な王族教育が始まり、嫡子《ちゃくし》は皇太子として認められる。

礼拝堂で教皇から祝辞を受け、クリスハルトの頭に皇太子用の冠《かんむり》が授けられた。

響はクリスハルトの姿に感動し、目を潤ませながら儀式を見守っていたが、祝賀会のために移動を始めた際、いつの間にか小柄な男が真横にいて、封筒を渡された。縦横十センチくらいの大きさで少し厚めだった。

「あの？」

「皇太子殿下の世話係へと、さるお方から託されました。極めて内密に願います」

男は小声でそう言うと、人ごみに紛れてしまった。

（極めて内密？）

首を傾げながら封筒を見てみるが、両面真っ白でなにも書かれていない。響は祈祷《きとう》の部屋の一つに入り、封筒をあけて中の手紙を取りだした。いくつもに折られた紙を広げてハッと息をのむ。

『ヘンドリック国王陛下からクリスハルト・フィル・ヘンドリック皇太子殿下宛に祝辞を求められましたが、お断りいたしました。わたくしが殿下に祝辞を送れば、お心を乱すことになるだろうと察するからです。

幼い皇太子殿下には、まだ国家間の政治的な事情を理解することは難しい。そして、両親の事情を受け入れることも同様です。また、あらぬ者が、あらぬことを考えるやもしれません。薄情な女は最後まで薄情を貫き、陛下や殿下において、心の隙にならぬようにいたしとうございます。

陛下が新たに迎えられるだろうお方に、皇太子殿下が親しめるよう願い、その障害にならぬようにと考えておりましたが、陛下が選ばれたお方は、異世界から訪れた男性と聞き、なんだか胸のつかえが取れた気がいたします。

あなた様だけには、伝えておきたいことがございます。

この先、いかなることがございましょうとも、皇太子殿下が常に健《すこ》やかにあられ、正しい道を選んで進まれ、歴史に立派な王と刻まれることを祈っております。

愛し子を、どうか何卒《なにとぞ》よろしくお願い申し上げます』

署名はなかった。丁寧に書かれた文字は、何か所かで揺れて乱れているし、紙の端のほうは微妙に波打っている。明らかに涙の跡で、慌ててふき取ったことが見て取れた。

差出人が誰か、疑う余地もない。

響は手紙を元の通りに折り、封筒に戻してポケットへ仕舞った。部屋を出て、広間に向かう。そこは奈落に落ちたあと、気づいたら立っていた場所だ。

中に入り、奥に立つ正装したオスカーとクリスハルトに目をやると、二人も響に気がついた。

「ヒビキ！」

クリスハルトの呼び声が響の心に熱く響いた。

（大丈夫です。心配しないでください。クリスは僕が守ります。それに彼は心優しい子です。成人すれば、きっとあなたに会いに行くことでしょう。それまで、待っていてあげてください）

番外編

わんぱく王子、舞台に立つ

僕はクリスハルト・フィル・ヘンドリック。

グロスフルグ王国の国王、オスカー・ヴィルヘルド・ヘンドリックの子で、皇太子だ。先日、五歳の誕生祭を迎え、正式にこの位についた。だから父上みたいに立派にならないといけない。

難しいわけがあって、母上はいない。自分の国に帰り、父上とは違う人と結婚している。難しいわけがどういうものなのか、僕にはわからない。だけど、ここにいないことは確かだし、僕が母上の顔を知らず、一度も会ったことがないのも確かだ。

でも、寂しくなんかない！

だって僕には父上がいるから。それに躾係《しつけがかり》のダバディや、メイドのアンナ、リリカ、ノエリーたち、たくさんの従者もいる。

それなのに、僕を『可哀相』と言うヤツらがいる。悲しそうな目で僕を見る。それが嫌で嫌で仕方がない。僕は『可哀相』なんかじゃない。

だからつい、イライラをぶつけてしまう。ダメなことってわかってるけど、どうしようもなくて、つい。

そんな時、すごいことが起こったんだ。

異世界から『俳優』って仕事をしている人が現れた。黒髪の男の人だけど、優しいのに王子の僕を容赦なく叱るんだ。はじめて叱られた時はびっくりしたけど、僕のことを思ってくれてる気がして、なんか嬉しかった。

父上が言うには、異世界の住人が現れるのはすごくいいことなんだって。

名前は、ヒビキ・シノノメ。

ヒビキの仕事は俳優なんだけど、すごく変わってて面白いんだ。ヒビキは僕よりちょっと大きい男なのに、女の子とか老人とか、騎士とかコックとか、いろんな人になりきるんだ。それが『俳優』なんだって。

最初は観てるだけだった。でも、僕もやってみたくなって、試したら面白かったんだ。だから今では本を読んで、やってみたい登場人物を選んで、演じてる。ヒビキも父上もダバディも上手だって言ってくれるんだ。えへへ。

今度はなににしようかな。ヒビキはなりたいモノを選んだらいいって言うんだけど。

僕はこの国の王子だから、王様も王子様もなりたいって思わない。僕の躾係のダバディみたいなのも嫌だな。エラそうにされたら腹が立つもん。

父上の護衛士のディルクみたいに強い騎士には……ちょっと興味あるけど、もっと楽しそうな人になりたい。

人じゃなくて、鳥とか、猫とか、どうかな。鳥は空を飛べるし、猫はみんなにかわいがってもらえるし！　でも……人間じゃないものでもいいのかな。前に天使はやったんだけど。

「クリス、決まった？」

ヒビキが聞いてきた。僕は手にしていた本を閉じた。

「ううん。決まらない。でも、鳥とか猫とか、どうかなって」

「それもいいね」

「いいの!?」

「もちろんだよ。犬でも猫でも、なんだってなれるよ。セリフは人間の言葉だけど、仕草とか、癖とかはまねできるよね」

「まねる……」

僕が戸惑っていると、ヒビキは椅子から立ち上がって、僕の前で座り込んだ。

手をくにっと曲げて、大きくのばして、おいでおいでってする。

「猫？」

聞くとヒビキはすっと立ち、両手を腰にやった。

「我こそはこの街を隅から隅まで知り尽くす、ボス猫ブロンキャットだ！」

大きな声で言うと、人差し指を立てた右手を力いっぱいのばした。

それから――


両手を腰にやって、思いきり胸を反らす。大きく息を吸い、お腹から声を出す。

よし、行くぞ！

「我こそはこの街を隅から隅まで知り尽くす、ボス猫ブロンキャットだ！」

右手の人差し指を立てて思いっきり手をのばす。

「ズンチャカチャカチャカ、ズンチャカチャカチャカ、ズーンズン！　ズンチャカチャカチャカ、ズンチャカチャカチャカ、ズーンズン！」

音頭に合わせて右に左に体を動かす。顔を上げて、声を思いっきり出して。手をくにっと曲げて猫になりきる。

「こーのまちーのことは、オレに任せろ、オレはなんでもしーってるんだ！　だーれよりーも強くて、悪いヤツらをやっつける！　オレの名前はブロンキャット！　ブロンキャットだ、覚えたか？　ズンチャカチャカチャカチャカ、ズンチャカチャカチャカ、ズーンズン！

ズンチャカチャカ、ズンチャカチャカチャカ、ズーンズン！」

ここでくるりと一回転。手を腰にやって体を反らして、右足を前に出して踵《かかと》をつける。

二番目を歌いながら踊る。

三番目も。

そして最後の節に来た。

「最強のボス猫、ブロンキャットのお出ましだ！　にゃーーーん！」

腕を組んでフィニッシュ！

ずっと歌って踊っていたから息が苦しいけど、終わった！

右手をひらひらさせながら下ろし、胸に持ってくる。同時に頭を下げる。

「ありがとうございました！」

パチパチパチ！　って拍手が起こった。それも、たくさん。

ヒビキにダバディ、メイドのアンナやリリカやノエリーたちも、すごくすごく手を叩いてくれてる。それに父上もゆっくり手を叩いて笑ってる。

うれしい。

「クリス、すごく上手だったよ！」

「ホント？」

「踊りも歌詞も、一つも間違わなかったし。すごいすごい！」

わぁ。

「こんなにうまかったら、王にならずに俳優になりたいって言いだしそうだが、クリスハルト、それだけは勘弁してくれよ？」

父上が困った顔で言うけど、それはないよ。

「僕はこの国の王子だから、ちゃんと国王になる」

「よしよし。それを聞いたら安心だ」

父上が頭を撫でてくれる。父上はすごくすごーく忙しくて、なかなかお話しすることができなかったけど、ヒビキが来てからは演技を見てくれるようになったので、一緒にいられる時間が増えた。

ヒビキのおかげだ。

「またたくさん練習して、披露する！」

「ああ、楽しみにしているぞ」

「はい！」

「頑張ろうね、クリス」

「うん！」

父上に、ヒビキに、ダバディ、それからディルクに、アンナに、リリカに、ノエリーに、いつも僕の傍にいてくれるみんなと、ずっとずーっと、一緒に暮らしていけたらって思う。

そして、大好きなヒビキと一緒に、『演劇』を広めていくんだ。

あとがき

このたびは『舞台俳優、異世界にトリップしてわんぱく王子のナニーになる』を手に取ってくださって、まことにありがとうございます！　いかがでしたでしょうか。

コロナによって舞台やライブが壊滅《かいめつ》状態になり、観られないのが残念でした。でも観る側は我慢すればいいだけだけど、関係者の方々は死活問題。本当に大変だったと思います。やっと日常が戻ってきて、ミュージカル、歌舞伎、舞台、ライブと行きましたが、やはり生《なま》はいいですね！　なるべく鑑賞に行って、応援したいと思っています。

話変わって。昨年の夏、我が家の唯一の雄猫だった茶々丸《ちゃちゃまる》君が病気になり（たぶん脳梗《のうこう》塞《そく》）ずっと看病をしていたのですが、一度かなり回復したものの、そこからまた悪くなって、今年になってほとんど動けなくなった時期にこの作品を執筆していました。

愛しい子に対し、ただただ愛しい！　と思っていたので、響《ひびき》がクリスハルトを想う気持ちに投影《とうえい》してしまった作品です。なんだか思い出深い作品になりました。

原稿ができて担当様にお送りし、ドキドキしながら返事を待っている間に亡くなってしまったのですが、その翌日にＯＫの返事が来まして、茶々丸君が猫神様に良い返事をもらえるようにお願いしてくれたのかなぁ、なんて思ったものです。

十五年半一緒に過ごしましたが、心にぽっかり穴が開いてしまったような感じです。でも我が家にはまだ十七歳半と十七歳と十四歳の高齢猫がいますので、健康に気をつけてあげなきゃと思っています。七歳の子は元気いっぱいで当面心配無用なんですが！


イラストを描いてくださった上條《かみじょう》ロロ先生。めちゃくちゃ素敵なイラストの数々で、すごくすごくうれしいです。上條先生、ありがとうございました！

担当様、今回もダメっ子爆裂で、いっぱいお手間をおかけしました。いつも感謝しております。また制作＆発売に関わってくださった皆様、ありがとうございました。

そして読者様、本作を選んでくださって、心よりお礼申し上げます。

またセシル文庫様でお会いできることを祈っております。

有実ゆひ

セシル文庫をお買い上げいただき、ありがとうございます。
この本を読んでのご意見・ご感想・ファンレターをお待ちしております。

☆あて先☆
〒154-0002　東京都世田谷区下馬6-15-4
コスミック出版　セシル編集部
「有実ゆひ先生」「上條ロロ先生」または「感想」「お問い合わせ」係
→EメールでもOK！　cecil@cosmicpub.jp

セシル文庫

舞台俳優《ぶたいはいゆう》、異世界《いせかい》にトリップしてわんぱく王子《おうじ》のナニーになる

2023年9月1日　初版発行

【著者】　有実《ありさね》ゆひ
【発行人】　佐藤広野
【発行】　株式会社コスミック出版
〒154-0002　東京都世田谷区下馬 6-15-4
【お問い合わせ】　- 営業部 -　TEL 03(5432)7084　FAX 03(5432)7088
- 編集部 -　TEL 03(5432)7086　FAX 03(5432)7090
【ホームページ】　https://www.cosmicpub.com/
【振替口座】　00110-8-611382
【印刷／製本】　中央精版印刷株式会社

乱丁・落丁本は、小社へ直接お送り下さい。郵送料小社負担にてお取り替え致します。
定価はカバーに表示してあります。

ISBN978-4-7747-6498-6 C0193